神永学
浮雲心霊奇譚
火《か》車《しゃ》の残《さん》花《か》
Kasha no Zanka
UKIKUMO SHINREI KITAN
Manabu Kaminaga
集英社

目次

CONTENTS

序 7

一 鬼火《おにび》 13

二 業火《ごうか》 117

三 残花《ざんか》 237

その後 339

浮雲心霊奇譚

Kasha no Zanka
UKIKUMO SHINREI KITAN

火《か》車《しゃ》の残《ざん》花《か》

◎登場人物

浮雲《うきくも》……赤眼の〝憑きもの落とし〟。
土方《ひじかた》歳三《としぞう》……薬の行商。剣の腕が立つ。
才谷《さいたに》梅太郎《うめたろう》……土佐藩の武士。江戸に遊学している。
玉藻《たまも》……色町の情報に通じる、妖艶な女。
蘆屋《あしや》道雪《どうせつ》……陰陽師。浮雲の母の一族。
狩野《かのう》遊山《ゆうざん》……絵師にして呪術師。

序

ちりん――。

どこからともなく鈴の音がした。

「あなたは燃え尽きてしまったのですか――」

声に誘われて顔を上げると、目の前に一人の男が立っていた。

虚無僧《こむそう》だった――。

深編笠《ふかあみがさ》を被《かぶ》っていて顔は見えない。纏《まと》っている法衣《ほうえ》は、ぼろぼろで袈裟《けさ》を着けていなければ、物乞いと間違えそうなほどだ。

ちりん――。
虚無僧が手に持っている金剛鈴《こんごうれい》が、涼やかな音を響かせる。

「今のあなたは、まるで灰のようですね」

虚無僧が哀れむように言った。

反論する気はなかった。まさに、その通りだからだ。

燃え尽きてしまった。

全て――。

そして、跡形もなく灰になった――。

河原の隅で物乞いをしながら、ただ生きているだけの燃えかすに過ぎない。

「灰だ。私には何も残っていない」

私はガサガサになった声でそう返した。

「本当にそうでしょうか?」

「…………」

「確かに、灰になったかもしれません。しかし、私には、あなたが本当に燃え尽きたとは思えないのです」

「もう、燃えるものは何もない」

灰となったあとは、ただ土に還るのみ。再び燃え上がることはない。

ちりん――。

また、金剛鈴が鳴った。

「いいえ。あなたの中には、まだ燻《くすぶ》っているものがあります」

「何が燻っている」

「怒りですよ」

「怒り？」

「そうです。あなたの中には、まだ怒りが残っている。今は小さい残り火に過ぎません。しかし、怒りほど強く燃え上がる炎はありません」

「…………」

「ここで、その残り火を消し、灰となるのもいいでしょう。しかし――」

虚無僧は、そう言って深編笠を外した。

一瞬、女かと思った。

剃髪《ていはつ》をしておらず、ほっそりとした顔立ちで、肌は白粉《おしろい》を塗ったように白かった。口許には穏やかな笑みを浮かべているが、眼光は凍《い》てつくように冷たい。

「その憤怒《ふんぬ》の炎を、再び灯すべきではありませんか？」

虚無僧が囁《ささや》くように言った。

どういうわけか、身体が震えた。最初は、怯《おび》えや恐怖だと思った。だが、そうではなかった。

身体の芯が、じりっと熱を帯びる。

「ええ。あなたの心は、今も燃えています。そう。この彼岸花《ひがんばな》のように赤く――」

虚無僧は、足許《あしもと》に咲き誇る彼岸花に目を向けた。

群生した花は、川辺を真っ赤に染め上げている。それはまるで血のようでもあり、虚無僧の言う、炎のようでもあった。

自分の中に、本当に炎が残っているのかは定かではない。

ただ、身体の底からこれまで眠っていた何かが沸き上がる。それは、強烈な痛みを伴う憤怒の情だった。

「私は……」

「燃やしてしまいましょう。全てを――」

虚無僧は、そう言うとすっと私に何かを差し出した。

それは――。

赤い鞘《さや》に納まった刀だった。

見覚えがある。

これは――。

「私の刀」

「そうです。あなたの刀です」

ずいぶん前に捨ててしまったはずの刀を、どうして虚無僧が持っているのか。疑いは持ったが、すぐにどうでも良くなった。

衝動的に刀を摑《つか》み取る。

柄《つか》が、掌に吸い付くようだった。

ゆっくりと鞘から刀を引き抜く。

鋼《はがね》の刀身が、月の光を受けて青白い光を放った。

「あなたを搦《から》め捕《と》ったのは蜘蛛《くも》の糸です」

虚無僧は、右手をすうっと上げると、人差し指を立てて私の眼前に向けた。

細く、そして白い指の上を、一匹の蜘蛛が這っていた。黄色と黒の縞《しま》模様。女郎《じょろう》蜘蛛だった。

「蜘蛛――」

「そう。蜘蛛です。蜘蛛の糸はとても強い。あなたのその刀でも、斬ることはできないでしょう」

虚無僧は、私が右手に持っている刀に目を向けた。

「斬れないなら、どうすればいい？」

私が問うと、僧侶は我が意を得たりとばかりに、大きく頷《うなず》いてみせた。

「燃やせばいいのですよ」

「燃やす？」

「そうです。地獄の業火《ごうか》で燃やし尽くせばいいのです――」

いつの間にか、虚無僧の足許に火が点いていた。

最初小さかったその火は、瞬く間に彼岸花を呑み込み、巨大な炎へと変貌し、虚無僧の身体を包み込んだ。

その業火を見つめながら、私は何をすべきかを悟った——。

一　鬼火

一

障子《しょうじ》の隙間《すきま》から吹き込む冷たい風が、行灯《あんどん》の明かりを小さく揺らした――。

遠くで鈴虫の鳴く声がする。

吉之助《きちのすけ》には、それがやけに哀しげに聞こえた。そのせいかどうかは分からないが、吉之助は一向に寝付くことができなかった。

「母さん……」

布団に横になったまま、吉之助は小さく呟《つぶや》いた。

呼んだところで、誰も来ないことは分かっている。

母が死んだのは、吉之助が生まれてすぐのことだった。産後の肥立《ひだ》ちが悪く、あっという間に死んでしまったらしい。母を回顧しようにも、吉之助はその顔すら知らないのだ。

吉之助がさっき呼んだ「母さん」は実の母親のことではない。少し前まで、女中として働いていた女のことだ。

お華《はな》という名の女中で、美しく、とても穏やかで優しい女だった。

暇があれば、吉之助の許にやって来て、客から貰ったお菓子などを分けてくれた。時間があるときは、読み書きなども教えてくれたし、面白い話で、吉之助を笑わせてくれたりもした。

普段は、太陽のように明るい人なのに、ときどき哀しそうな顔をするときがあった。

「どうしたの?」

吉之助が訊ねると、お華はいつも「何でもない」と笑ったあとに、抱き締めてくれた。

その温もりは、吉之助にとって母そのものだった。

だから、気付けば吉之助は、お華のことを「母さん」と呼んで慕うようになった。

それなのに、いつの間にか、お華はふっと姿を消してしまった。何の挨拶もなく、突然、ぷっりと——。

父の吉左衛門《きちざえもん》は、必死にお華の行方を捜していたようだったが、結局は見つからなかった。

しばらくして、客の誰かと駆け落ちをしたらしい——という話を聞かされたが、吉之助にはどうしても信じられなかった。

お華が——母さんが、何も言わずに消えてしまうとは思えなかった。

きっといつか、吉之助を迎えに戻って来てくれるに違いない。そういう妄想を抱きながら、寂しさを紛らわせていた。

でも——。

吉之助は、枕許に置いてある櫛《くし》を手に取った。

お華がいなくなってからしばらくして、吉之助は、家の裏手にこの櫛が落ちているのを見つけた。

黒い漆塗りで、赤い彼岸花が描かれた美しい櫛に見覚えがあった。

お華が、兄に貰《もら》った大切なものだと、肌身離さず持ち歩いていた櫛と同じものだった。あれだけ大切にしていた櫛が、落ちているのを見つけ、吉之助は、もうお華は帰って来ないのだと悟った。

そうやって割り切ったはずなのに、どうしてもその面影を追いかけてしまう。

吉之助は、櫛を懐に入れる。

そうしていると、お華が近くにいてくれるような気がして、少しだけ心が安まった。

寝返りをうち、仰向《あおむ》けになった。そのままぼんやりと天井を見つめていると、上から黒い何かがすうっと下りて来た。

蜘蛛だった——。

一匹の蜘蛛が、天井から糸を垂らし、八つある足を器用に動かしながら吉之助の眼前に下りて来たのだ。

すっと手を伸ばすと、蜘蛛は糸を離れて吉之助の手に乗って来た。

足が動く度に、こそばゆかったが、吉之助は我慢してその蜘蛛の動きをじっと観察していた。

かつて吉之助は蜘蛛が怖かった。八つの足をごそごそと動かす様は、不気味そのものだった。

だが、蜘蛛を怖がる吉之助を見て、お華が教えてくれた。蜘蛛には死んだ人の魂が宿っていて、姿を借りて会いに来てくれているのだ——と。

その話を聞いて以来、吉之助は蜘蛛を見ても怖いと思わなくなった。

吉之助は、改めて手の上を這う蜘蛛に目を向ける。

もしかしたら、この蜘蛛は、お華の——母さんの化身なのかもしれない。いや、違う。そんなはずはない。

吉之助は、慌ててその考えを否定する。

もし、この蜘蛛がお華の化身だとすると、それは即《すなわ》ち、お華が死んでいるということになる。

「そんなはずない」

言葉に出して改めて自分の考えを打ち消したところで、急に強い風が部屋に吹き込んで来た。

行灯の明かりが、ふっと消えて部屋が真っ暗になる。

手の上から蜘蛛の感触が消えた。

風で吹き飛ばされてしまったのかもしれない。

今から、行灯の火を灯すのも面倒だ。吉之助はため息を吐くと、頭から布団を被って胎児のように丸くなり、そのまま瞼《まぶた》を閉じた。

自分の呼吸を、一つ二つと数えているうちに、うつらうつらとしてきた。

眠りの際に立ったところで、誰かの声が聞こえた気がして、吉之助はふっと瞼を開けた。

「吉ちゃん——」

　はっきりと耳に届いたその声に、吉之助は思わずがばっと布団を撥《は》ね除けた。

　吉之助のことを親しみを込めて「吉ちゃん」と呼ぶのは一人だけだ。

「母さん」

　吉之助が声を上げると、部屋の中にぼうっと青白い光が浮かんだ。

　一瞬、蛍かと思ったが、それにしては季節外れだ。

　光は次第に大きくなっていき、人の頭ほどの大きさになった。よく見ると、その光は燃え盛る炎のように揺らめいていた。

　まるで火の玉だ。

「吉ちゃん」

　再び優しい声がした。

　それは、目の前に浮かぶ火の玉が喋《しゃべ》っているようだった。もしや、あの火の玉はお華なのではないか。

　吉之助は、その火の玉に向かって両手を伸ばす。

　だが、触れるか否かのところで、火の玉はふっと消えてしまった。

　再び部屋の中が闇に包まれる。

　さっきまであったはずなのに、いったいどこに消えてしまったのか？　いや、あれは、元々が吉之助の見ていた幻だったのかもしれない。

　吉之助は肩を落として項垂《うなだ》れる。

しばらくそうしていると、ふっと頬を撫《な》でられたような気がした。

冷たい感触だった。

顔を上げると、そこには――お華の姿があった。

優しい微笑みを浮かべながら、じっと吉之助のことを見ている。

「母さん！」

その胸に飛び込んだ吉之助だったが、お華の身体に触れることはできず、身体はするりと抜けて前のめりに倒れ込んでしまった。

やはり、幻だったのだろうか――。

身体を起こそうとした吉之助だったが、どういうわけか、ぴくりとも動かなかった。

背中の上に、何かが乗っている。

首だけ動かし、背後を見た吉之助は、思わずぎょっとなった。

吉之助の背中の上には、お華がのし掛かっていた。その顔に、さっきまでの優しい笑みはなかった。

「許すまじ――」

お華は、蔑《さげす》むような視線を吉之助に向けたまま言った。

地面に響くようなその声を聞くなり、吉之助の意識はふつっと途絶えた――。

二

「本当にその格好で行くつもりですか？」

土方歳三《ひじかたとしぞう》は隣を歩く男――浮雲《うきくも》に目を向ける。

白い着物を着流し、腰には赤い帯を巻いている。空色の生地に雲の模様をあしらった袢纏《はんてん》を羽《は》織《お》り、首には赤い襟《えり》巻きを巻いて寒さに備えているが、それにしたって軽装過ぎだ。

「あん？　別に普通の格好だろうが」

浮雲は、いかにも不機嫌そうに口許を歪めながら答える。

「その辺を散歩するなら構いませんが、私たちはこれから京の都に向かうのですよ」

「だから何だ？」

「そんな格好では、不便が出ると言っているんですよ」

「小姑《こじゅうと》みてぇにうるせぇ男だな」

「あなたのような、出来の悪い嫁が来れば、小言も言いたくなりますよ」

「黙れ。阿呆が」

「阿呆は余計でしょう。だいたい……」

「あー、あー、聞こえんな！」

浮雲が妙な声を出しながら嫌々という風に首を振る。

まるで子どもだ。ここまで頑固に振る舞うなら、もう勝手にすればいい。ただ――。

「せめてその眼の布くらいは外して下さい。悪目立ちもいいところです」

歳三は、浮雲の顔を指さした。

浮雲は両眼を赤い布で覆い、その上に、墨《すみ》で眼の模様を描いている。さらに、金剛杖を突いて、盲人のふりをして歩いているのだ。

異様ともいえるその風貌《ふうぼう》は、目立つばかりでなく、盲人の芝居をしながらなので、歩みが遅々として進まない。

できれば、小田原辺りまで行ってしまいたかったのだが、まだ多摩川すら渡っていない。

「莫迦《ばか》を言うんじゃねぇ。赤い眼を晒《さら》した方が、色々と面倒だろうが」

まあ、それは一理ある。

浮雲の瞳は、彼岸花のように、鮮やかな緋色に染まっている。

それは美しくもあるのだが、同時に、不気味でもある。彼岸花が死人花と喩《たと》えられるように、あまりに美しいものは、人々から畏れられるのが、人の世の常というものだ。

そして、浮雲の眼は、ただ赤いだけではない。

死者の魂――つまり幽霊を見ることができるのだ。現世とあの世とを繋ぐ、鏡のようなものだ。

これまでは、江戸の廃墟となった神社に住みつき、その特異な体質を活かし、幽霊にまつわる怪異を祓《はら》う、憑《つ》きもの落としを生業としていた。

そんな浮雲が、こうやって京の都に向かう旅をしているのも、その赤い眼が引き寄せた因果の糸を断ち切るためだ。

何《いず》れにせよ、さっきの反応を見て、これ以上、浮雲の出で立ちにあれこれ注文を付けたところで無駄だと諦《あきら》めた。

「だいたい、お前も他人のことを言えた義理ではなかろう」

浮雲が金剛杖を肩に担ぎつつ、赤い布に描かれた眼を歳三に向けた。

そんな風にしたら、盲人でないことがばれてしまう。振る舞いは一貫して欲しいものだと思いつつ、「どうしてです？」と問い返した。

歳三は、通常の旅装束《たびしょうぞく》に、「石田散薬《いしださんやく》」の文様が入った笈《おい》を担ぎ、杖《つえ》を持っている。どこからどう見ても薬の行商人で、おかしいところはない。

「雰囲気だ」

「はい？」

「お前は、雰囲気がいかにも怪しい。薬屋には見えん」

――とんだ言いがかりだ。

「非難するなら、それ相応の根拠を示して下さい」

「理屈っぽい男だな」

「あなたが、無茶苦茶な言いがかりをつけるからでしょう」

「そのよく動く口を閉じろ」

「あなたに言われたくはないですね」

「何だと？」

浮雲は、怒りを露わにしたが、歳三は無視することにした。

旅は長い。いちいち浮雲の理不尽さに、真面目に相手をしていたのでは身が保《も》たない。

「おい。歳三。無視してんじゃねぇ。おれは……」

「六郷《ろくごう》の渡しです。急ぎましょう。多摩川を渡れなくなってしまいます」

歳三は、渡し場を指さしながら言う。

黄昏どきで、川面が赤く染まっている。今、桟橋《さんばし》に留まっている小舟が、最後の渡し舟かもしれない。

この辺りは、橋がない。以前はあったらしいが、幾度となく大水で流され、幕府は橋を再建することを諦めた。多摩川は、それほどの暴れ川なのだ。

旅の初日から、渡し舟に乗り遅れて河原で野宿というのでは、どうにも決まりが悪い。

歳三は、川原を駆けて桟橋に向かう。

「まだ、行けますか？」

船頭に問うと、「ええ。これで、最後にしようと思っていました」と、思っていた通りの答えが返ってきた。

「間に合って良かったです」

歳三は、笑みを浮かべつつ船賃を船頭に渡し、小舟に乗り込んだ。浮雲もそのあとに続く。

「もうすぐ暗くなります。そろそろ出します」

船頭はそう言うと、櫓《ろ》を使ってゆっくりと舟を出した。

夕陽に染まる川面は、暴れ川というのが、嘘であるかのように凪《な》いでいた。河辺の彼岸花と相まって、美しくも怪しげな空気を醸《かも》し出している。

「なかなかの眺めですね」

「だな」

浮雲は、そう応じつつ、懐から盃《さかずき》を取り出すと、瓢《ひさご》の酒を注いでぐいっと一息に呑み干し、ぷはっと熱い息を吐き出した。

「舟の上で呑む酒は格別だな。どうだ、歳。お前も一杯やるか？」

浮雲が、盃を差し出してきたが、歳三はそれを断った。

暇さえあれば、昼夜関係なく酒を呑んでいるのだから呆《あき》れる。船頭も怪訝《けげん》な顔をしているというのに、お構い無しだ。

などと考えていると、川岸から「おーい」と呼びかける声が聞こえてきた。

「おいおい！　待ってくれ！」

袴《はかま》の裾《すそ》を持ち上げ、必死な形相《ぎょうそう》で走って来る武士の姿が見えた。

出る前ならまだしも、舟はもう岸から三間ほど離れてしまっている。待ったところで、乗せられはしない。

「参ったな……」

船頭が呟く。

岸に戻すかどうか、悩んでいるのだろう。

「待てと言っておろうが！」

武士は、尚《なお》も叫びながら、桟橋をどたどた走って来る。

「少し戻っても構いませんか？」

船頭が、歳三と浮雲に訊ねてきた。

「ええ。よほど急いでいるのでしょうから」

歳三が応じると、船頭が「すみません」と舟の向きを変えようとした。が、武士は、舟が待たないと思ったのか、桟橋から勢いよく跳んだ。

何と大胆な――。

しかし、届くのか？

思っている間に、どすんっと武士が小舟に着地した。

その衝撃で、ひっくり返りそうになるほど、小舟が揺れる。船頭が、大慌てで舟の立て直しにかかる。

武士の方は、着地したのはいいが、その揺れで身体を持っていかれたのか、小舟から転落しそうになる。

慌てて腰を浮かせた歳三だったが、それより先に、浮雲が武士の腕を摑んだ。

浮雲に引っ張られ、武士は危うく川への転落を免れる。舟の揺れも収まり、何とか事なきを得た。

「いやぁ。助かった。本当に危ないところやった」

武士は、自分の頭をぽんっと打ちながら、朗らかな声で言う。

歳の頃は、歳三と同じくらいだろう。格好は武士なのだが、それでいて、驕《おご》った感じがしない。

「跳ぶなら跳ぶと、先に言って欲しいもんだな」

浮雲が、呆れたように言う。

「確かにそうだ。言ってから跳べば良かったな」

武士は、何がおかしいのか、はっはっはっ——と声を上げて笑う。

そういう話ではないとは思うが、言ったところで詮《せん》ないことだろう。浮雲とこの武士には、同種の匂いを感じる。

「何にしても、お前さんのお陰で助かった」

武士は、満足そうに言いながらどかっとあぐらをかいた。

「そっちの、怖い兄さんにも礼を言う」

武士が丁寧に頭を下げた。

怖いと言われるのは心外だが、たかが薬の行商人に、こうやって頭を下げる武士は珍しい。

「私は、礼を言われるようなことは何も」

「助けようとしてくれたではないか」

武士は、うんうんと大きく頷きながら言う。

不思議な男だ。

朗らかで、するりと人の懐に入り込む人懐《ひとな》つこさがあるのだが、それでいて、どこか油断のならないところがある。

猫のふりをした虎――いや、龍といったところか。

それが証拠に、何も考えずに小舟に飛び乗って来たように見えて、浮雲のみならず、歳三の動きまできちんと把握していた。

それだけ視野が広いということだ。こういう男は、間違いなく剣の腕が立つ。

歳三の腹の底にあるものが疼《うず》いた。

――この男と斬り合ってみたいものだ。

ふと、そんなことを思った。

「眼光の鋭さが増したな。さてはお前さん、相当にできるな」

歳三の心中を察したように、武士が言った。その顔には、相変わらず、人の好さそうな笑みが浮かんでいる。

しかし、目の奥では笑っていない。

「何を仰《おつしや》います。私など、ただの薬売りでございます」

「よく言う。その手のタコは、刀を握っている証ぞ」

指摘され、歳三は慌てて手を隠そうとしたが、止めておいた。そんなことをすれば、認めているのと同じだ。

「滅相《めつそう》もない。薬屋というのは、意外と手を使うんですよ」

武士が歳三の言葉を信じたかどうかは定かではないが、それ以上は、突っ込んでこなかった。

「お侍様。本当に、気を付けて下さい。最近、この辺りは、どうも出るらしいんですよ」

会話に割って入るように船頭が言った。

「いったい何が出るのです？」

歳三が訊ねると、船頭が苦い表情を浮かべた。それきり、しばらく黙っていたが、やがてぽつりと口を開く。

「かしゃ――ですよ」

船頭は、酷く暗い顔でそう言った。

「かしゃとは何です？」

歳三が問うと、船頭は舟を漕《こ》ぎながらも、火の車と書いて火車だと説明してくれた。

「火車ですか――」

それなら、歳三も聞いたことがある。

「火車とは確か、亡骸《なきがら》を奪い去る妖怪でしたね」

全国各地にその伝承がある。

葬式や墓場に現われ、その死体を奪い去っていくとされる妖怪だ。ただ、誰の亡骸でもいいということではない。

火車が奪うのは、生前に悪行を積み重ねた者の亡骸だけなのだという。

多くは、年老いた猫が変化した妖怪――猫又《ねこまた》が正体だといわれているが、雷雨と共に姿を現わ

○3○

し、虎の皮の褌《ふんどし》を穿《は》いた鬼のような姿で描かれている絵などもあり、その実体がどうもはっきりしない。

「へい。そうなんです」

「見たのですか？」

「いえ。あっしは見てません。船頭仲間の三郎《さぶろう》って男が見たらしいんです」

「ほう。それは、大変興味深いですね」

前のめりになった歳三だったが、浮雲はそれに反して露骨に嫌な顔をする。

「止せ止せ。そうやって、余計な話を引っ張り込むんじゃねぇよ」

「少しくらい、よいではないですか。興味はあるでしょ？」

「ねぇよ」

浮雲が吐き捨てるように言った。

まあ、こういう反応になるのも致し方ない。

浮雲は幽霊は見えることもあって信じているが、妖怪の話は専門外だと取り合わないのだ。

そこで話が中断されるかとも思ったが、さっき飛び乗って来た武士が「その話、詳しく聞かせてくれ」と食いついた。

その口ぶりからして、面白半分に話を聞きたいのではなく、何か事情がありそうだった。

「私も聞いた話なんで、そんなに詳しいわけではありませんが……」

船頭は、そう前置きしてから訥々《とつとつ》と話を始めた。

三

「つい、五日ほど前のことです――」

船頭は、神妙な口ぶりで語り始めた。それによると――。

三郎という名の若い船頭が、酒を呑んだ帰り道、偶々《たまたま》川崎側の桟橋の前を通りかかったのだという。

すると――。

桟橋の辺りに、光がぽつんと浮かんでいた。

最初は、人の死体から抜け出した鬼火だと思い、慌てたそうだが、よくよく見ると、それは提灯《ちょうちん》の明かりだと分かった。

目を凝らすと、桟橋の辺りに屈み込み、提灯の明かりを頼りに、何かをしている人の姿が見えた。

船頭の誰かが、舟の修繕でもしているのだろうと思っていたが、どうにも様子がおかしい。

近付いていくと、そこにいたのは船頭ではなく武士だった。

その武士は、渡し舟を勝手に使い、そのまま川に漕《こ》ぎ出そうとしているようだった。

「お待ち下さい！」

三郎は、止めようとしたが、その武士は聞く耳を持たず、慌てた様子でさっさと川に出て行ってしまった。

慣れない人間が、一人で夜の川を渡ろうとするなど無謀に等しい。うっかり、転落したりしたら大変だ。

――どうしたものか。

三郎がやきもきしている間に、武士の乗った舟はどんどんと岸から離れて行ってしまう。誰か呼びに行った方がいいだろうか。などと考えていると、どこからともなく、鉄を擦《こす》り合わせるような耳障《みみざわ》りな音が聞こえてきた。

――何だ？

よく耳を澄ましてみる。

それは女の笑い声のようだった。

――いったいどこから？

声の出所を探して視線を向けると、少し離れたところに立つ柳の木の傍《かたわ》らに、女が一人立っていた。

青地に赤い花の模様の入った着物を着ていて、結わず垂らした髪を風に靡《なび》かせている。

ここで、三郎は妙なことに気付いた。

女の口からは、ちろちろと赤い炎が漏《も》れ出ていた。

まるで炎の吐息だ。

あれは、この世のものではない。物《もの》の怪《け》の類いに違いない。もしかしたら、さっきの武士は、あの妖怪女から逃げるために舟に乗ったのかもしれない。

三郎も気付かれる前に逃げ出そうと後退《あとずさ》った。

が、その拍子に石に躓《つまず》いて尻餅《しりもち》を突く。その際、近くにあった竹竿《たけざお》をなぎ倒してしまい、けたたましい音が立った。

女と目が合う。

「あの人を返せ――」

女は、甲高《かんだか》い笑い声とともに叫ぶ。

「ひぃぃ！」

三郎は、てっきり妖怪女に襲われると思った。

しかし――。

女は、三郎には目もくれず、武士の乗った舟を真っ直ぐに睨みつけている。

「いくら逃げようとも、お前は罪から逃れられぬ。地獄の業火に焼かれるがいい」

女はそう叫ぶと、さっきより一層、大きな声を上げて笑った。

三郎が固唾《かたず》を呑んで武士の乗った舟を見ていると、突然、ぼうっと光が広がった。

炎だった――。

突如として舟の上に炎が舞い上がったかと思うと、武士の身体に火が点いた。それは、瞬く間に燃え上がり、あっという間に武士の全身が炎に包まれた――。

そこまで一気に喋ったところで、船頭がふっと息を吐いた。

「それでどうなった？」

舟に飛び乗って来た武士が、急かすように問う。

船頭は「あ、はい」と頷いてから続きを話し始めた。

「その武士は、舟から川にざぶんっと落ちてしまったそうです。その様を見ていた女は、さらに高笑いをしながら、妙なことを口走ったんです」

「何と言った？」

「火車が連れていった。罪人を連れていった。次は、おのれらだ。覚悟しろ――と」

「それで火車――」

武士が低い声で言った。

「ええ。皆怯えています。女の言葉の通りなら、他にもまだ連れていかれる者が出るということですから」

「阿呆らしい」

浮雲が、舌打ち混じりに吐き捨てた。

「いや、本当の話です」

船頭が声を大にして言い募るが、浮雲は、それをふんっと鼻先で笑い飛ばした。

「何が本当の話だ。お前は三郎って男から聞いただけだろ。実際に見てもいねぇのに、どうして本当だと言い切れるんだ？」

浮雲が墨で描かれた眼で船頭を見やる。

「それは、そうですが、武士が燃えてしまったのは本当で……」

「そんなもん、提灯の火が、誤って袖《そで》かなんかに燃え移ったんだろうよ」

浮雲の言うように、提灯の火が着物に燃え移るのは、別に珍しいことではない。

「しかし、三郎は女も見ているわけですし……」

「しかしもへったくれもあるか。その女の話が一番怪しい。大方、酔って幻でも見たんだろうよ」

「三郎は、酔っても自分を失うような男ではありません」

意地になっているのか、船頭が顔を赤くしながら言う。

「まだ言うか。そもそも火車ってのは、罪人の亡骸を奪う妖怪だ。今回の話では、生きたまま焼かれているんだろ。話が合わん」

「そういうことも、あるのではありませんか？」

「だとしたら、それは火車ではない。火の車って別の妖怪だ」

「別のものなのですか？」

「ああ。似てはいるが違う。火の車は、西が発祥の伝承だ。牛頭《ごず》、馬頭《めず》なんかの地獄の獄卒《ごくそつ》が、罪人を連れていくのさ。話が類似しているせいで、混同されちまっているがな。何れにせよ、周囲が間違えたならまだしも、その女が自ら言っているんだとしたら、辻褄《つじつま》が合わねぇよ」

流石、憑きもの落としを生業としていただけあって、その筋の話には詳しい。

てっきり、これで黙るかと思ったが、船頭は意外と頑固だった。

「話には、まだ続きがあるんです」

船頭が沈みかけていた空気を振り払うように言う。

「続き――だと？」

浮雲が口角を歪める。

「ええ。あくる日になって、土左衛門《どざえもん》が上がったんですよ。それが何と――」

船頭は、そこで言葉を切った。

いかにもといった間を取ったせいで、余計に興醒《きょうざ》めした。この先、何があるのか、自《おの》ずと想像がついてしまった。

浮雲も、同じ気持ちだったらしく、すっかり興味を失い、ぼんやりと川の向こうの景色を眺めている。

ただ、例の武士だけは違った。

「何だ。早くその先を言え」

興奮を抑えるように、固く拳を握りながら先を促す。

「その土左衛門は、三郎が見た武士だったんです」

「下らん」

浮雲がそう斬り捨てた。

言い方はともかく、歳三も同感だった。武士の一件は、着物に提灯の火が点き、慌てて川に飛び込んだが、そのあと上がってこれずに溺死したと考えれば説明がつく。

「いや、しかし、本当のことなんです。あっしも、土左衛門を見ました。川に浮いていたにもかかわらず、その死体は真っ黒に焼け焦げていたんです」

船頭の言葉を聞き、「おや」と思う。浮雲も、眉《まゆ》を顰《ひそ》めて難しい表情を浮かべている。

「真っ黒になっていたというのは、本当ですか？」

歳三が問うと、船頭は「間違いありません」と力強く応じた。

そうなると、話は少しばかり変わってくる。舟の上で燃え、そのあと川に飛び込んだのだとすれば、すぐに火は消えたはずだ。

人間の身体は燃え難い。せいぜい、皮膚の一部がただれるくらいだ。真っ黒になるほど燃えている土左衛門というのは、どうにも説明がつかない。

「舟に焼け跡は残っていたのか？」

浮雲ががりがりと髪をかき回しながら問う。

なるほど。浮雲は舟の上で真っ黒になるまで燃えたあと、川に転落したと考えたようだ。

「それが、妙なことに、舟の上には炭一つ落ちていなかったんです。ただ、武士の持っていた刀と荷物だけが残されていて……」

これで浮雲の推論は崩れた。

まあ、そもそもが無理のある考えだった。人間を黒焦げにするほどの炎であれば、焼け跡どころか、舟そのものが燃え尽きていただろう。

「やはり、あの女が――火車が武士を連れ去ったんですよ」

船頭が噛み締めるように言った。

話が終わるのを待っていたかのような間で、舟が桟橋に到着した。

「つまらん作り話だったな」

浮雲は舌打ち混じりに言うと、さっさと舟を降りて行こうとする。

「いいのですか？」

歳三が呼び止めると、浮雲が「あん？」と振り返った。

「謎は解けていませんが――」

「莫迦言うんじゃねぇ。一文の得にもならねぇ謎を解いてやるほど、お人好しじゃねぇよ」

「やれやれ」

歳三は小さくため息を吐いた。

浮雲はこういう男だった。金にならなければ、梃子《てこ》でも動かない守銭奴《しゅせんど》なのだ。気にはなるが、まあ仕方ない。

「いまの話は真か？」

歳三が笈を背負いつつ振り返ると、さっきの武士が船頭に質問していた。

「え、ええ」

あまりの勢いに、船頭が顔を引き攣《つ》らせながら応じる。

「実は、おれは川で燃えた武士のことを調べに、この川崎までやって来たんだ。もっと詳しく話を聞かせてくれ」

そのやり取りを聞きながら、歳三はなるほど——と納得する。

舟の上にいたときから、あの武士は火車の話に異様に関心を示していた。元々、その件を調べに来ていたからこその反応だったのだろう。

「何をぼけっとしてる。さっさと行くぞ」

浮雲が急かしてくる。

もう少し、ことの成り行きを見守りたいところだが、そんなことをしていても意味はない。

「せわしない人ですね」

歳三は、再びため息を吐きつつも、浮雲と並んで歩き出した。

しばらく行ったところで、「待て！　待て！」と慌てた調子の声がする。さっきの武士が、袴をたくし上げながら、勢いよく駆け寄って来た。

「何とも、騒々しい男だな」

浮雲は、ぼやくように言いつつも足を止めて武士が追いつくのを待った。

「すまん。忘れたことがあった」

歳三と浮雲の前まで走って来た武士は、息を切らしながら言う。

「何です？」

歳三が問う。

「さっきの礼がしたい」

「礼なら、もう聞いたぜ」

浮雲が答える。

舟から転落しそうになったのを、助けたことを言っているのであれば、それについては、浮雲の言うように、既に礼は言われている。

「いや。そうではない。言葉ではなく、何かしらの礼をしたい。といっても、今は遊学中の身で、出せるものが何もない」

歳三は、思わず浮雲と顔を見合わせた。

何とも変わった男だ。礼はしたいが、何もできないと、わざわざ伝えに来たというのか。

「いいさ。次に会ったときに、酒でも馳走《ちそう》してくれ」

浮雲が、盃を傾ける仕草をすると、武士が「うむ」と大きく頷いた。

「そうだな。そうしよう。次に会ったときは、酒を奢《おご》らせてくれ」

「楽しみにしている」

「そのときのために、名を訊いていいか？」

武士が言う。

「おれは浮雲だ――」

「そちらは？」

武士が歳三の方に顔を向けた。

「歳三と申します。土方歳三でございます」

名を答えつつ、歳三の中には、また疼くものがあった。

できることなら、歳三は酒を酌《く》み交わすのではなく、この武士と斬り合ってみたいと思ったが、それを口に出すことはなかった。

「で、お前は名を何という？」

今度は浮雲が訊ねる。

武士は、一瞬、考えるような素振りを見せたあと――。

「才谷《さいたに》。才谷梅太郎《うめたろう》と申す」

朗らかに答えた。

似合わぬ名だ――歳三はそう思った。

表面だけ見れば、梅太郎というのも頷けるが、その裏に隠された本質を表すなら、もっと猛々《たけだけ》しい名の方がいい。

例えば――龍とか。

「では、またいつか」

才谷は、晴れやかに言うと、そのまま渡し場の方に戻って行った。

「悪い男では無さそうだ」

浮雲が呟くように言った。この男が、武士に対してそうした感想を抱くのは珍しいことだ。

「そうですね」

歳三は、答えつつも腹の底の疼きを抑えることができなかった――。

四

「この辺りで、宿を探しましょう」

渡し場を離れ、東海道に入ったところで、歳三が口にすると、浮雲がこれみよがしに嫌な顔をした。

「莫迦を言うんじゃねぇ」

「莫迦なことなど、一つも言ってませんよ。あなたは、野宿をするつもりですか？」

歳三がそう返すと、浮雲は「ここだ。ここ」と、街道を入ってすぐのところにある旅籠《はたご》を指さした。

一際大きな旅籠で「万年屋《まんねんや》」という看板が掲げられている。

「川崎宿まで来て、万年屋の奈良茶飯《ならちゃめし》を食わねぇ道理はねぇだろうが」

――なるほど。

奈良茶飯は、元々は興福寺《こうふくじ》や東大寺が発祥とされる奈良の郷土料理で、大豆や小豆、栗、粟《あわ》といった穀物や季節の野菜を加えたものを、緑茶の煎じ汁と塩で炊き込んだご飯だ。

万年屋では、この奈良茶飯が振る舞われていて、名物になっている。奈良の郷土料理を、川崎で振る舞うというのは妙な話だが、江戸からわざわざ食べに来る者がいるほどの評判だ。

せっかく川崎宿に来たのだから、評判の万年屋で奈良茶飯を食べたいという気持ちは分からんでもない。だが――。

「莫迦なことを言っているのは、あなたの方ですよ」

「何？」

「私たちは、京の都まで行かねばならないのですよ。こんなところで散財しているほどの余裕はありませんよ」

旅は金がかかる。京の都まで、まだまだ先は長い。最初から贅沢《ぜいたく》をしていたら、それこそ箱根の峠を越える前に金が尽きてしまう。

「腹が減っては、何とやら――と言うだろ」

「ない袖は振れないとも言います」

「かわいげのねぇ野郎だ」

「誰にかわいさを求めているんですか」

「嫌な野郎だ」

浮雲は舌打ちを返す。

「まあ、どうしても食べたいというなら、少し働いて稼いで行くという手もありますよ」

歳三が言うと、浮雲がおっという表情を浮かべる。

「稼ぐ手立てがあるのか？」

「ええ」

「どんな手だ？　空き巣にでも入るか？」

「いつから盗人稼業に鞍替《くらが》えしたのですか？　番屋《ばんや》を宿代わりにするというなら止めませんけど」

「冗談の通じねぇ男だ」

「あなたのように、手癖の悪い男が言ったのでは、冗談に聞こえませんよ」

「減らず口を。盗みじゃねぇなら、どんな手立てで金を稼ぐんだ？」

「簡単ですよ。さっき船頭が言っていた、火車の怪異を解決してみせればいいんです。そうすれば、いくばくかの謝礼は貰えるでしょう」

歳三が告げると、浮雲は聞こえよがしにため息を吐いて頭を抱えた。

「やっぱり、莫迦はお前だ。あの話は、怪異でも何でもねぇ。提灯の火が点いた武士が、そのまま川に落ちて死んだだけだ」

「しかし、それならどうして武士は黒焦げに焼けていたのですか？」

「話に尾ヒレが付いただけだろ」

「でしたら、それを明らかにすればいいのです。そうすれば、怪異を解決したことになるでしょ」

「そんな面倒なこと、やってられるか」

浮雲はそう言い放つと、金剛杖を振り回すようにしながら歩き始めた。食欲と手間を天秤《てんびん》にかけ、奈良茶飯を諦めるという選択をしたらしい。

まるで子どものようなふて腐れようだが、こういうところが、浮雲の憎めないところでもある。

「それで。どこに泊まるか、目星はついてんのか？」

不服そうにしながらも、浮雲が訊ねてきた。

「ええ。馴染みがあるんです」

「そこは、もちろん飯盛旅籠なんだろうな」

浮雲が浮かれた調子で言う。

――全然懲《こ》りていない。

飯盛旅籠は、通常の旅籠と異なり、飯盛女――女中が、夜の床の相手をしてくれる宿のことだ。

ただ、その分、割高になっている。

奈良茶飯以上の贅沢だ。

「平旅籠に決まっているでしょう」

「男二人で泊まって、何が楽しいんだか」

「楽しむために旅をしているわけじゃないでしょうに」

「分かってるよ」

浮雲の声が低くなった。

おそらく、自らが抱えている宿命を思い出したのだろう。

そこからは、浮雲はめっきり大人しくなった。こちらとしては、その方が都合がいいのだが、黙ったら黙ったで、寂しい気がしてしまうから不思議だ。

などと考えているうちに、葵屋《あおいや》という旅籠の前に辿《たど》り着いた。

東海道から一本外れた奥にある、小さな旅籠だ。建物は狭いし、食べ物も質素だが、馴染みということもあり、代金がかなり抑えられる。

「こんばんは――」

戸を開けて声をかける。

「おっ。歳さんじゃないですか」

亭主の留三《とめぞう》がはっと顔を上げる。

小柄で丸顔で、いつもにこにこと笑みを浮かべている四十がらみの男だ。

「部屋、空いてますか？」

歳三が問うと、留三の表情が曇《くも》った。

「すみません。今日は、全部埋まってしまってるんですよ」

何とも申し訳無さそうに言う。

「そうですか。それは残念です。他を当たってみます」

諦めて出て行こうとした歳三だったが、留三が慌ててそれを呼び止めた。

「何です？」

「歳さんは、確か、あっちの方に詳しかったですよね？」

ずいぶんと要領を得ない問い掛けだ。

「あっちというのは？」

「あ、すみません。こっちの方です――」

留三が、両手の甲を見せるようにして、胸の前に下げてみせた。幽霊の真似をしているらしい。

「私は、それほど詳しくはありません。ただ、そういうことを専門にしている男を知っているだけです」

歳三が答えると、留三は「そうですか」と落胆したように肩を落とした。

何か事情があると見える。

「幸いにして、今、その男と一緒なんですよ――」

歳三が告げると、浮雲は余計なことをという風に舌打ちをしたが、留三の方は、ほっとしたような笑みを浮かべる。

「それは、本当ですか？」

「ええ。この男ですよ。いかにもといった感じでしょ」

歳三が背後に立つ浮雲を指し示すと、留三は、一瞬ぎょっとしたが、それはすぐに畏怖《いふ》に変わり、「おおぉ」と感嘆の声を上げた。

白い着物を着流し、赤い布で両眼を覆った異様な風体《ふうてい》は、見る人が見れば、それっぽく見えるものだ。

「それで、どんな怪異でお困りですか？」

「歳さんは、紅屋《べにや》という旅籠を知っていますか？」

「ええ。街道の外れにある旅籠でしたね」

歳三は泊まったことはないが、旅籠の前を何度か通ったことがある。

かなり大きな旅籠で、それなりに評判がよく、武士がよく出入りしているという話を耳にする。

「以前は、平旅籠として細々とやっていたんですが、数年前に飯盛旅籠に鞍替えしてからずいぶんと儲かったみたいでね。みるみる大きくなっていったんですよ」

「そうですか」

「吉左衛門とは、昔からの馴染みでね。幼い頃によく遊んだものです。気の弱い男で、すぐにべそかいていたんですがね。最近は、金があるせいか、なかなか横柄でね……」

「その紅屋がどうかしたのですか？」

このままいくと、延々と昔話をしそうだ。歳三は話を遮るように言った。

「いやはや。失礼しました」

留三は、喋り過ぎたことを反省するように頭をかいてから続ける。

「実は、その紅屋に幽霊が出るという話がありましてね。何でも、女の幽霊が客の部屋をうろつくのだとか……」

「なるほど」

「それだけじゃありません。幽霊が出るようになってから、倅《せがれ》の様子がおかしくなっちまったらしいんです」

「おかしいとは？」

「どうも、よくないものに憑かれているらしく、わけの分からないことを喚《わめ》いたり、急に暴れ出したりするらしいんです」

「それは穏やかではありませんね」

「そうなんです。吉左衛門には、色々と思うところもありますが、昔からの馴染みです。何とかしてやっちゃくれませんか？」

「そういうことでしたら、お力になれるかもしれませんね」

歳三の言葉を遮るように、浮雲が袖を引っ張った。

「冗談は止めろ。おれは、そんな暇じゃねぇ。つまらんことに首を突っ込むな」

浮雲が声を低くして詰め寄って来る。

面倒事を嫌う浮雲らしい反応だが、怪異の解決にかこつけて、宿も確保できるかもしれない。これは、悪い話ではない。それに――。

「まあ、そう言わないで下さい。紅屋は、飯盛旅籠でしたよね？　女たちは器量良しな上に、床上手で評判だという噂を聞いたことがあります」

歳三が問うと、留三は「それはもう――」と応じた。

「その怪異の相談に乗れば、只《ただ》で泊めてくれるかもしれませんが、どうします？」

「話だけでも、聞いてやろうじゃねぇか」

歳三が言い終わる前に、浮雲がにやけ顔でそう応じた――。

この変わり身の早さ。怪異の解決ではなく、女が目当てになっているのは明らかだが、やる気になったのならそれで良しとしよう。

「分かりました。お力になれるかどうか分かりませんが、取り敢えず紅屋に行ってみます」

○5○

歳三は、浮雲と一緒に葵屋を出て紅屋に足を運ぶことになった。

東海道沿いには、江戸への玄関口というだけでなく、川崎大師へのお参りで来た者たちもいて、かなり賑わっていた。

江戸などは、遊郭は決められた一角に纏《まと》まっているが、川崎は平旅籠と飯盛女のいる飯盛旅籠が混在している。そのせいか、独特の空気があるように思える。

「ふむ。いい街だ」

浮雲が上機嫌に言う。

さっきまでふて腐れていた癖に、思いがけず飯盛旅籠に泊まれるとあってか、いつになく足取りが軽い。

ただ、喜んでばかりもいられない。状況次第では、色々と厄介《やっかい》なことになるかもしれないのだ。

砂子《いさご》を抜け、小土呂町に入ったところで、目当ての旅籠が見えてきた。

――さて。鬼が出るか、蛇が出るか。

紅屋に辿り着いた歳三は、建物を見上げつつ内心で呟いた。

評判なだけあって、構えは相当に立派だ。飯盛旅籠というより、本陣といった趣さえある。

だが――。

どういうわけか漂う空気が暗い。

じっとりと湿った気配が、旅籠全体を包み込んでいるようだった。

そう感じるのは、紅屋で怪異が起きていると聞いているからこそかもしれない。

「何か見えますか？」

歳三は、隣に立つ浮雲に声をかけた。

浮雲は幽霊を見ることができる。墨で眼を描いた赤い布で、両眼を覆っているが、布の生地は薄く、視界を確保できるようになっているはずだ。

紅屋に幽霊がいるか否かは、たちどころに分かるだろう。

「見えてるものは、お前と変わらん。そもそも、建物を外側から見ただけで分かるはずがねぇだろ」

浮雲が、気怠《けだる》げな口調で言った。

確かにその通りだ。浮雲の赤い眼は目の前にあるものしか見えない。だが、素直に「そうですね」と頷く気にはなれない。

「あなたの眼も、大したことありませんね」

歳三が口にすると、浮雲はむっと口をへの字に曲げた。

「何だと？」

「もう少し、便利なものかと思っていたのですが、そうでもないのですね」

「バラガキが。そうそう都合よく行くかよ」

「だから、大したことないと言っているんですよ」

「何？」

「中に入らなければ見えないというなら、さっさと、入りましょう」

歳三は、紅屋の戸をすっと開けた。

暗い――。

建物の中に入ると、さっきより暗さが増した気がする。

宵というのもあるが、そうしたものとは異なる暗さだ。影が濃いのだ。

それに――帳場に人の姿が見えないのも引っかかる。旅籠なのだから、常に誰かいて然るべきだ。

「こんばんは」

声をかけたが、反応がない。

どうしたものか――と思案していると、視界の隅ですすすっと何かが動いた。

顔を向けると、そこには一人の女が立っていた。

薄汚れた黄色い着物を着た女で、年の頃は、十七か八といったところだろう。

絹のように白い肌をしており、すっと鼻筋が通っていて、目を瞠《みは》るような美人ではあるが、人形のように表情がない。

折れそうなほど痩《や》せ細っているせいか、薄幸な空気が漂っている。

怪我を負っているようで、左の額と左目を覆うように白い布が巻かれていた。

右の目は、少しだけ青みがかっているように見える。もしかしたら、南蛮人との間にできた子かもしれない。

「すみません。葵屋さんの紹介で伺いまして。ご亭主にお目通りしたいのですが――」

歳三は、できるだけ柔らかい口調で女に声をかけた。

だが、女は無反応だった。

何も聞こえていないかのように、ただこちらを見ている。

――妙な女だ。

「あの……」

歳三が、改めて女に声をかけたところで、ドタドタと床を踏みならす音がして、女中らしき女が駆け寄って来た。

「お待たせしました」

女中は、満面の笑みを歳三と浮雲に向けたあと、影の中に立っている女を一瞥《いちべつ》すると、「突っ立ってないで、さっさと用事を済ませな」と叱責《しっせき》する。

左目を布で覆った女は、のろのろとした動きで奥に消えて行った。

あれも飯盛女だろうか？　いや、それにしては愛想がなさ過ぎる。ただの下働きの女中なのかもしれない。

「お二人様でございますね」

女中は、にこやかな笑みを浮かべながら言う。

歳は二十五くらいだろう。評判の飯盛旅籠だけあって、少しふっくらしているものの、容姿は整っている。

「いや。実は、客ではないのです」

歳三が答えると、女中は小さくため息を吐き、表情を曇らせた。

「薬なら間に合ってます。他を当たって下さい」

さっきまでと同じ人物とは思えないほど、険のある口調で言うと、早々に追い出そうとする。

損得でしかものを考えられぬようでは、商売は成り立たない。思いはしたが、口に出すことはなかった。

「いいえ。薬を売ろうというわけではありません」

「じゃあ、何です？」

女中は困惑した表情を浮かべる。

「実は、葵屋さんから、お話を伺って、お力になれるのではと思い、こうして足を運んだというわけです」

「葵屋さん？」

女中の顔が、益々困惑したものになる。

「何でも、紅屋さんには、幽霊が出るとか。ご子息に憑きものが憑いていて、たいそう困っていると伺いました」

歳三が告げると、女中の顔が一気に強張《こわば》った。

この反応からして、心霊現象が起きているというのは、単なる噂では無さそうだ。しかし、女中はそれを素直に認めなかった。「何のことでしょう？」と惚《とぼ》けてみせる。

亭主の吉左衛門から口止めされているのかもしれない。悪い噂が広まるのを恐れてのことだろう。

「惚けても無駄だ。この旅籠には、強い怨念《おんねん》が渦巻いている」

これまで黙っていた浮雲が、どんっと金剛杖を突きながら、ずいっと女中の前に歩み出る。

「え？」

「非常に強い怨念だ。このままにしておけば、やがては宿全体に災いが降りかかるだろう。もちろん、お前にも――」

浮雲が金剛杖の先を女中の顔に向けた。

「な、何ですか。あなたは……」

女中が震える声で言う。

浮雲の異様な風体に怯えているのだろう。ただ、そこには畏怖の念も混じっている。これは都合がいい。

「こちらにいらっしゃるのは、高名な憑きもの落としの先生です。江戸で浮雲という名を知らぬ者がいないほどの腕です。葵屋さんからお話を伺い、わざわざ私がお連れしたんです」

歳三が言うと、女中はしばらく思案したあと、「お待ち下さい」と奥に引っ込んだ。

「少し、脅し過ぎではありませんか？」

女中の姿が見えなくなったところで、歳三は浮雲に目を向ける。

さっき、浮雲が強い怨念が云々と言ったが、あれは間違いなくはったりだ。

「よく言う。お前だって乗っかっただろうが」

「まあ、それはそうですね」

「おれたちは、宿無しだからな。無理にでも話を進めた方がいいのさ」

ただ、飯盛女との一晩を楽しみたいだけな気もするが、それを口にすればヘソを曲げてしまうだろう。

などと考えているうちに、さっきの女中が舞い戻って来た。

「こちらにどうぞ」

そう言って、女中は歳三と浮雲を招き入れた。

五

「まったく。いつまで待たせる気でいやがる」

片膝《かたひざ》を立てて、壁に寄りかかるように座った浮雲が、ぼやくように言った。

女中に客間に通され、しばらく待つように言われてから、かれこれ半刻（約一時間）は経っている。

「そう焦《あせ》ることもないでしょう。そのうち来るでしょうから」

歳三は冷め切ったお茶を啜《すす》る。

「お前は呑気《のんき》でいいな」

「別に、呑気に構えているわけではありません。焦ったところで、どうにもならないと言っているだけです」

待たされている理由は、だいたい想像がつく。

おそらく、葵屋に足を運んで、歳三や浮雲の素性を確認しているのだろう。怪しい輩《やから》であれば、このまま叩き出すつもりに違いない。

「まったく。こんなことなら、野宿でもするんだった」

浮雲は、盃に注いだ酒を呷《あお》りながらぼやく。

気持ちは分かるが、それよりも、歳三には気になることがあった。

床の間に飾られている掛け軸の絵だ――。

奇妙な絵だった。

鮮やかな色の彼岸花が咲き誇る河川敷に、一人の女が背中を向けて立っている姿が描かれていた。

それだけであれば、さして気にすることはない。

だが――。

描かれている女は、あまりに異様だった。

背中を丸め、僅《わず》かにこちらを振り向いている。その口からは、ちろちろと赤い何かが出ている。

最初は舌かと思ったが、そうではない。

女の口から出ているのは――炎だった。

それだけではない。女は、何か黒い塊のようなものを抱えている。

髑髏《どくろ》だった――。

焼けて黒く煤《すす》けた髑髏を抱えているのだ。

陰惨で悪趣味な絵のはずなのだが、色彩の美しさのせいか、紅屋を取り囲む暗い空気のせいか、妙に部屋に溶け込んでいて違和感がない。

――この絵はもしや。

歳三は、描き手を確かめようとしたが、絵には落款《らっかん》の類いが押されていなかった。

作為を感じずにはいられない。もしかしたら、紅屋で起きている一件には、あの男がかかわっているのかもしれない。

などと考えていると、すっと襖《ふすま》が開いた。

顔を出したのは、紅屋の亭主ではなく、知っている女だった。

艶《あで》やかな着物に身を包み、妖艶《ようえん》な気配をところ構わず撒《ま》き散らしている。それでいて、近寄りがたい、独特な棘《とげ》がある。

「玉藻《たまも》さんではありませんか」

歳三がその名を呼ぶと、玉藻は赤い唇を引いて笑みを浮かべた。

玉藻は、浮雲と古くから付き合いのある女だ。歳三も、その流れで顔を合わせることになった。

江戸にいた頃から、心霊事件が起きると、時折姿を現わし、その解決に協力してくれた人物ではあるが、その素性ははっきりしない。

どこぞの遊女らしいが、それが本当かどうか甚《はなは》だ怪しい。

玉藻が本当に遊女なのだとしたら、自由に出歩くことなどできないはずだ。つまり、玉藻は遊女を騙《かた》っているだけだと歳三は考えている。

しかも、玉藻は美しさだけが取り柄のか弱き女ではない。

腕《うで》っ節《ぷし》が滅法《めっぽう》強く、並の男なら、たちどころにねじ伏せられてしまう。人脈の広さも相当なもので、そこかしこに伝を持っている。

歳三は、玉藻は幕府、あるいは朝廷の隠密《おんみつ》ではないかと踏んでいるが、それを確かめたことはない。

訊ねたところで、さらりとかわされるのが目に見えている。玉藻とは、そういう女なのだ。

「あら。こんなところで会うなんて奇遇ね」

玉藻が袖で口許を隠しながら浮雲を流し見る。

誘っているような、妖しい眼差しではあるが、浮雲は嫌そうに顔を歪める。

「何が奇遇ね――だ。おれたちがいることを、知っていて来たんだろうが」

浮雲が舌打ち混じりに返した。

歳三も同意見だ。江戸の街でばったりならまだしも、ここは川崎宿の旅籠の客間だ。偶々通りかかるような場所ではない。

「そうね。ここにあなたたちがいることは、知っていたわ。京の都を目指して旅をしていることもね」

○6○

玉藻は、ふふっと童のように無邪気に笑った。

こうやって纏う空気をころころと変えてしまうのが、玉藻の底の知れないところだ。

「おれたちの目的なんざ、どうだっていい。それより、どうしてお前がここにいる？」

浮雲は不機嫌な口調で言うが、玉藻は意に介さない。

「あら。私は、あなたたちのお手伝いをしてあげようと思っているのよ」

玉藻は、しなだれるようにして浮雲の隣に座った。

「お前がいたところで、大して役にも立たん」

浮雲は舌打ちをしつつ、尻をずらして玉藻から離れる。

邪険にされたが、玉藻はそんなことは気にも留めない様子だ。むしろ、その反応を楽しんでいるようにさえ見える。

「そうでもないわよ。紅屋の主は、用心深い人でね。あなたたちを追い払うつもりだったのよ」

「ああそうかい。だったら、勝手に追い出せばいい」

「まあ、そう言わないで。私が、ちゃんと口利きをしておいてあげたわ。あなたは、江戸で一番の憑きもの落としだって教えてあげたの。これで、心置きなく仕事ができるでしょ」

玉藻は、しなやかな動きで浮雲の肩に手を置く。

が、浮雲はすぐにそれを振り払う。

「恩着せがましい。何が望みだ？」

「何も。ただ、あなたたちには、紅屋の一件を解決して欲しいだけよ」

「勝手なことを……」

「というわけで、後は任せたわよ」

玉藻は、すうっと立ち上がると、妖艶な笑みを置き土産に部屋を出て行ってしまった。

摑めない女だ。

「あの女——何を企んでやがる？」

浮雲は、墨で描かれた眼で襖を睨み付ける。

「さあ。何かは分かりませんが、利用できるものは、利用した方がいいですよ。これまでも、そうだったでしょ」

歳三が言うと、浮雲は苛立《いらだ》たしげに、ぼさぼさの髪を、がりがりとかきむしった。

江戸にいたときも、玉藻とは持ちつ持たれつでやってきた。向こうが、協力しているうちは、これまでと同じにすればいい。

まあ、これからも同じかというと、それはまた別の話だ。

人と人との関係など、常に変化していくものだ。歳三とてどうなるか分からない。今は協力しているが、やがては、浮雲に牙を剝《む》くことだってあるかもしれない。

玉藻と入れ替わるように、四十年配と思われる、四角い顔をした男が部屋に入って来た。

「大変、遅くなり申し訳ありません。紅屋の吉左衛門と申します」

吉左衛門は深々と頭を下げた。

「私たちのことは、信用して頂けましたか？」

歳三が問うと、吉左衛門の顔が引き攣った。

「いえいえ、そんな。違います。疑っていたわけではありません。ただ、幽霊が出るようになってから、その手の輩がお札やら、壺やらを売りつけようとやって来るもので。それで……」

吉左衛門は、額に浮かんだ汗を拭いながら早口に言う。

言い訳をするなら、もう少し頭を使った方がいい。今のでは、歳三たちを偽者の霊媒師だと疑っていたのだと自分で明かしたようなものだ。

「しかし葵屋から、土方様は信頼のおけるお人だと伺いました。玉藻さんの話では、浮雲様も、江戸で落とせぬ憑きものなし――と謳《うた》われるほどのお方だとか」

吉左衛門は、そう続けた。

玉藻の口添えが効いているようだ。

「では、私たちに、紅屋で起きている心霊現象の一件を預ける、ということでよろしいのですか？」

歳三が確認のために訊ねると、吉左衛門は「それはもう。是非にお願い致します」と、改めて頭を下げた。

「言っておくが、只ではやらんぞ」

浮雲が、にたっと口許に笑みを浮かべる。

「もちろんでございます。相応の謝礼はご用意させて頂きます」

「実は、私たちは泊まる宿がないのです」

歳三が言い添えると、吉左衛門は「もちろん、ご用意させて頂きます」と平伏する。

「女は来るのか?」

浮雲がそう言って、顎《あご》に手をやる。

女好きもいいが、そんな要求を出しては、せっかく得た信頼を失いかねない。思いはしたが、意外にも吉左衛門は「当然でございます」と応じた。

「それで、具体的に紅屋では、どういったことが起きているんですか?」

場が落ち着いたところで、歳三は改めて訊ねた。

留三からは、吉左衛門の倅の様子がおかしくなっているというところまでは耳にしたが、具体的なことは報されていない。

吉左衛門は、大きく頷いてから語り始めた。

「実は、このところ、お客様から幽霊を見たという苦情を頂くようになったのです」

そう言って、吉左衛門は額の汗を拭った。

「幽霊——ですか」

歳三は、相槌《あいづち》を打ちつつ先を促す。

「へい。夜になると、女が部屋にやって来るらしいのです」

「飯盛旅籠なのだから、部屋に女が来るのは、当然だろうが」

浮雲が茶々を入れると、吉左衛門は「いえいえ」と首を左右に振った。

「それが——手前どもが雇っている女とは違うのです。全く見ず知らずの女でして……」

吉左衛門が力なく首を左右に振る。

「それが幽霊だと？」

「はい。先日も、その姿を見た女中がいたのですが、声をかけると、すうっと消えてしまったのだとか……」

「幽霊だから消えるだろうな。まあ、ただ出るだけなら放っておけばいい。幽霊とは、そうしたものだ」

「いいえ。そうはいきません。ただ出るだけではないのです」

吉左衛門が両手を畳に突いて身を乗り出す。

「ただ出るだけではないとは、どういうことですか？」

歳三が問うと、吉左衛門はごくりと喉《のど》を鳴らして唾《つば》を呑み込んでから口を開く。

「その幽霊は、夜更けにお客様の部屋に入って来るのだそうです。声をかけても返事をせず、こう袖で口許を隠したまま、すうっと行灯のところに移動して——おもむろに舌を出して、舐《な》めるのだそうです」

吉左衛門は、身振り手振りを交えながら説明をする。

「何を舐めるのです？」

「油です」

「油？」

「はい。灯明皿の中に入っている油を、ちろちろと舐め始めるのです——」

そう言ったあと、吉左衛門はごくりと喉を鳴らして唾を呑んだ。

「油くらい、舐めさせておけばいいだろ」

浮雲がふんっと鼻を鳴らす。

「そ、そういうわけにはいきません。それに、舐めるだけではないのです」

吉左衛門が慌てた調子で言う。

「他に、何をするのです？」

歳三が促すと、吉左衛門はこくりと頷いてから話を再開した。

「その女は、ひとしきり油を舐めると、今度はお客様の許に、すすっと近付いて来るんです。そして――耳許で囁くのです」

「何と囁くのですか？」

「お前を連れていく。火車が地獄に連れていく。罪を償え――と」

「火車――ですか」

六郷の渡しで船頭から聞いた話と似通っている。

「ええ。しかも、その女の口からは、ちろちろと火の吐息が漏れているというのです。お客様は皆、驚きのあまり、宿から逃げ出してしまうという有様で」

吉左衛門の口許は震え、目も落ち着かなく左右に揺れている。まるで、自分自身が体験したかのような狼狽《ろうばい》ぶりだ。

「確かに怖ろしいですね――」

「幽霊が現われるようになってから、ご贔屓《ひいき》にして下さっていたお侍様も、最近はめっきり寄りつかなくなってしまったばかりか、紅屋には幽霊が出ると、妙な噂も広まって、客足は遠のくばかりです。それに……」

吉左衛門は、がっくりと肩を落として項垂れた。

飯盛旅籠に来て、女と遊ぼうと思っていたのに、現われたのが口から火を吐く幽霊とあっては、逃げ出す気持ちも分からんでもない。

客足が遠のくのは当たり前だ。

事情は分かったが、歳三は吉左衛門の言葉に一つ引っかかりを覚えた。

「話にはまだ続きがあるのではありませんか?」

歳三は、そう促した。

吉左衛門は最後に「それに……」と付け加え、慌てて言葉を引っ込めた。続きがあることは明白だ。

「いえ。それだけでございます」

吉左衛門が僅かに目を逸《そ》らす。

「そうか。喋らんのか。なら、帰らせてもらう」

浮雲が、すっと立ち上がると、吉左衛門は呆気《あっけ》に取られた表情を浮かべる。

「今何と?」

「帰ると言ったんだ」

「い、いや、しかし、それでは……」

すがりつく吉左衛門を、墨で描かれた浮雲の眼が見下ろす。

「おれの知ったことか」

「そんな……」

「隠し事をされたままでは、怪異など解決できん！」

「そこを何とか……」

「無理だね。悪いが、おれの除霊の方法は、他とは少しばかり違っている」

「え？」

「いいか。幽霊ってのは、死んだ人間の想いの塊のようなものだ。こちらから触れることはできない。だから経を唱えようが、お札を貼ろうが、意味がねぇんだよ」

「で、では、いったいどうやって……」

「死んだ人間が、現世を彷徨《さまよ》うからには、そうするだけの理由がある。おれは、その理由を見つけ出し、取り除いてやるんだ。それが、おれのやり方だ」

浮雲の話を聞き、吉左衛門は呆気に取られている。

歳三は聞き慣れた話ではあるが、吉左衛門はそうではない。おそらく、印でも結んで「えいっ！」と叫べば霊が消えるとでも思っていたのだろう。

「真実を話さなければ、おれは霊を祓うことはできん。さあ。どうする？」

浮雲が吉左衛門に詰め寄る。

「あ、いや……」

「この男の言うことは本当です。幽霊とはそうしたものです。お札や数珠《じゅず》を使うような連中は、たいてい偽者です。解決したければ、素直にお話しした方が良いと思いますよ」

歳三がそう言い添えると、吉左衛門はがっくりと肩を落とした。

「実は――骸《むくろ》が上がったのです」

吉左衛門が弱った声で言う。

「骸？」

浮雲が、吉左衛門の顔を覗《のぞ》き込む。

「女の幽霊を見て逃げ出したお客様の一人が、その後、土左衛門になったのです」

「それで」

「多摩川に浮いていたのですが、どういうわけか、その身体は真っ黒に焦げていたそうです」

そう言って、吉左衛門は多摩川の方を指さした。

歳三は、思わず浮雲と顔を見合わせた。

やはり船頭から聞いた話と合致する。多摩川の一件と紅屋の一件は、同一のものと見て間違いないだろう。

こんなことなら、船頭からもう少しちゃんと話を聞いておけば良かったと思うが、今さら悔いても仕方ない。

「それで、息子さんにも異変が起きているということでしたが……」

歳三は気持ちを切り替えて口にした。

留三の話では、吉左衛門の倅の様子がおかしくなっているということだった。今までの話では、肝心の倅が出てこない。

「それについては、言葉で説明するより、見て頂いた方がいいかと思います――」

吉左衛門が静かに言った。

六

吉左衛門の倅――吉之助は、離れにある座敷牢《ざしきろう》の中に寝かされていた。

年の頃は十歳かそこらだろう。酷くやつれ、手足など枯れ枝のように細くなってしまっている。

僅かに胸が上下していることから、生きているであろうことは分かる。詳しく診てみないと何ともいえないが、このような状態が続けば、すぐに衰弱して命を落とすことになるだろう。

「幽霊が出たあとから、様子がおかしくなり、今はこのような状態が続いています。医者にも診せたのですが、まったくもって原因が分かりません」

格子《こうし》に張り付くようにして、息子の吉之助を見つめながら吉左衛門がかすれた声で言った。

「具体的に、どんな風におかしくなったのですか?」

歳三が問うと、吉左衛門は「へい」と力なく返事をしてから話を始める。

「最初は、夜に譫言《うわごと》を言うくらいでした。しかし、しばらくすると、夜な夜な歩き回るようになったのです。本人に問いただしてみても、覚えていないようでして。それでも、そういうこともあるか――くらいに思っていたのですが」

「段々と症状が悪化してきたのですね」

「ええ。昼間も虚《うつ》ろな状態でいることが増え、あてもなく方々を歩き回るようになりました。そのうち、経文《きょうもん》らしき言葉を口にしだし、暴れるようになりました。本当は、こんなところに閉じ込めておくのは忍びないのですが、一昨日には、包丁を持ってお客様の部屋の前をうろついておりまして、致し方なく……」

吉左衛門の声は涙ぐんでいた。

客に危害を加えてしまっては手遅れだ。やむを得ない措置だろう。

「なるほど」

歳三は相槌を打ちつつ浮雲に目をやる。

金剛杖を肩に担ぎ、じっと吉之助を見下ろしていた浮雲だったが、やがて「開けろ」と低い声で呟いた。

「え？」

「ここの格子を開けろ。中に入る」

迷った素振りを見せた吉左衛門だったが、浮雲の墨の眼力に圧倒されたのか、鍵を使って格子戸を開けた。

浮雲は、無言で頷くと格子戸を潜って座敷牢の中に足を踏み入れる。

寝ている吉之助の枕元に屈み込むと、顎に手をやりつつ、丹念に検分していく。歳三には何も見えないが、浮雲には異なる世界が見えているはずだ。

「お前は誰だ？」

しばらくして、浮雲が寝ている吉之助に問う。

何の反応もなかった。

静寂の中、一匹の蜘蛛が天井から糸を垂らし、するすると下りてくると、ポタッと吉之助の額の上に落ちた。

蜘蛛が額を歩き回っているというのに、吉之助はピクリとも動かない。

「駄目か……」

浮雲が呟いたところで、ぎぎっと木の軋むような音がした。ざらついていて、耳障りな音。

それは、吉之助の声だった。

「ぎぎぃ」

さっきまで眠っていた吉之助が、ゆっくりと身体を起こした。

額に乗っていた蜘蛛が床の上に落ちる。

虚ろな目を向けながら口を開く。涎《よだれ》が糸のように滴《したた》り落ちる。

「あぎうえ……」

吉之助は、そう言うと浮雲に向かってすうっと手を伸ばす。歳三は吉之助を止めに入ろうとしたが、浮雲がそれを制した。

「お前は、何が望みだ？」

浮雲が問う。

「おがめぐぅださじ――」

吉之助は、涎を垂らしながら言う。

意味は分からないが、吉左衛門の言っていたように、節回しが経文のようにも聞こえる。

「もう一度、問う。お前の望みは何だ？」

浮雲が口にするのと同時に、吉之助の身体からふっと力が抜けた。そのまま、糸の切れた操り人形のように頽《くずお》れる。

吉之助が倒れる前に、浮雲がその身体を支え、布団の上に丁寧に寝かせた。

ふうっと息を吐いてから、浮雲は座敷牢から出て来た。

「何者かが憑依《ひょうい》しているのですね」

歳三が言うと、浮雲が「ああ」と頷いた。

「いったい、何が憑依しているのです？」

「女だ。若く美しい女だ。格好からして、女中だろうな」

浮雲が、両眼を覆った赤い布に手を当てる。

「女中――」

飯盛旅籠の女中は、平旅籠の女中とは違う。客の夜の相手までするのだから、いわば遊女だ。過酷な労働を強いられるだけでなく、自由がない。おまけに、病にもかかりやすい。

死ねば、ろくに供養されることもなく、投げ込み寺に捨てられるだけだ。

そうした女中が抱える恨み、辛みは並大抵のものではないだろう。死んだあと、未練を抱えて旅籠の倅である吉之助に憑依したとしても何ら不思議はない。

浮雲が、唖然としている吉左衛門の前に立った。

「今、言った通り、お前の倅に憑依しているのは、最近、死んだ女中だ。恨みを持つ女中に、覚えはないか？」

「いえ。そのようなことは……」

吉左衛門は、否定しつつも視線を逸らした。

「瓜実顔《うりざねがお》の美しい女だ。右目の下に泣き黒子《ぼくろ》がある。本当に知らんか？」

「泣き黒子ですか……いえ、やはり覚えがありません」

吉左衛門が首を左右に振る。

――嘘吐《つ》きめ。

歳三は内心で毒突いた。

飯盛旅籠を営んでいて、女中から恨みを買わぬ主人などいるはずがない。その態度からも、何かを隠しているのは間違いない。もっと追及するのかと思ったが、意外にも浮雲は「そうか――」と呟いただけで終わってしまった。

問い詰めたところで、口を割らないと判断したのだろう。ならば、少しだけ揺さぶりをかけてみるか。

「幾《いく》つか、伺ってもよろしいですか？」

歳三は改めて吉左衛門に目を向ける。

「何でございましょう？」

「吉之助さんの母親はどちらに？」

「産後の肥立ちが悪かったようで、この子を産んだあとすぐに……。元々、身体の強い方でもありませんでしたから……」

吉左衛門は、落胆したように肩を落とした。

吉之助に憑いている幽霊は、死んだ母親かもしれないと思いはしたが、すぐにその考えを断ち切った。母親であれば、吉左衛門が知らぬ存ぜぬを通す理由がない。そもそも、我が子に憑依して苦しめる道理がない。

「男手一つで育てるのは、大変だったでしょう？」

「いえ。女中たちがいますから」

なるほど。確かに飯盛旅籠であれば、女手はあるので、男鰥《おとこやもめ》より苦労は少ないだろう。

「葵屋さんから聞いたのですが、ここは、元々は飯盛旅籠ではなかったのですよね。いつ頃から変えたのですか？」

「二年ほど前でしょうか。以前から懇意《こんい》にしている方から勧められまして――」

「女中は、どうやって集めたのです？」

飯盛旅籠で働く女中を集めるのは、普通の女中を集めるのとは勝手が違う。ずぶの素人が手を出してどうにかなるものではない。

しかも、紅屋は器量良しに床上手と評判になるほどだ。特別な人脈がなければ難しいだろう。

「それについても、懇意にしている方が、色々と手を回して下さいました」

「どのような方ですか？」

「申し訳ありません。それについては、私の口からは……」

吉左衛門が平身低頭した。

何があっても喋らないという強い意志が感じられる。それだけに、此度《こたび》の一件に、深くかかわっている気がしてならない。

しかし、これ以上、追及しても無駄だろうと諦めた。

歳三が首を突っ込んだ案件ではあるが、こうも隠し事をされた状態では解決もできないだろう。いっそ、このまま手を引くことも考えた。しかし、浮雲の反応は歳三の心中とは異なるものだった。

「いいだろう。この仕事、引き受けよう」

浮雲は、どんっと金剛杖で畳を突いた――。

七

行灯から薄明かりが漏れている。

どこかで香を焚《た》いているらしく、妖しげな香りが部屋の中に入り込んでいた。

取り敢えず様子を見るために紅屋に逗留することになり、吉左衛門によって客間を与えられた。

歳三の部屋は別にあるのだが、考えを整理するために、こうして浮雲の部屋を訪れた。

「どうして、依頼を受けることにしたのですか？」

歳三は、不機嫌な顔で盃の酒をちびちびと呑んでいる浮雲に訊ねた。

吉左衛門が隠し事をしているのは間違いない。平旅籠から、飯盛旅籠に鞍替えした経緯も何だか胡散臭《うさんくさ》い。浮雲の性格からして、そうした吉左衛門の態度に腹を立て、断ってしまうものとばかり思っていた。

飯盛女に目が眩《くら》んだだけでなく、何かしらの理由がありそうだ。

「さっき、憑依された倅の吉之助が口走っていた言葉を覚えているか？」

浮雲は眼を覆っていた赤い布を、はらりと外しながら言う。

赤く染まった双眸《そうぼう》は美しいが、それ故《ゆえ》の毒を孕《はら》んでいるように見える。

「ええ。はっきりと聞き取れた訳ではありませんが、節回しからして、経文や祝詞のように聞こえました」

「ありゃ、経文じゃねぇよ」

「違うのですか？」

「ああ。あれは、お止め下さい――と言っていたんだ」

「お止め下さい――」

歳三は、その言葉を反芻《はんすう》する。

吉左衛門から、経文らしき言葉を発すると聞いていたせいで、先入観が生まれてしまっていたようだ。

「ああ。吉之助に憑いていた女の幽霊は、悲しげな顔で、何かを止めようとしていた……」

浮雲は、僅かに赤い眼を細め、ぐいっと盃の酒を呑み干した。

——なるほど。

浮雲は、吉左衛門はどうでもいいが、吉之助に憑依している女の幽霊に同情したからこそ、依頼を受けたのだろう。

生者のためではなく、死者のために動くところは、何とも浮雲らしい。

「しかし、そうなると一つ引っかかりますね」

「何がだ？」

「吉左衛門の話では、幽霊は客の部屋に現われて、地獄に連れていくと脅しているわけですよね。だとすると、あなたの話と辻褄が合いません」

「そこを確かめるためにも、少し様子を見るということだ。それによっちゃ、すぐにでも退散するさ」

確かに判断するのは、紅屋で起きている現象を全て確認してからでも遅くない。どのみち、今から他の宿を見つけるのは至難の業《わざ》だ。

「そうなると、調べるのは紅屋の件だけでいいのですか？」

歳三が言うと、浮雲はぐいっと左の眉を吊り上げ「どういうことだ？」と問い返してきた。

「六郷の渡しで聞いた火車の一件ですよ。状況から考えて、紅屋の一件と同一であるように思えます」

吉左衛門の話では、紅屋で幽霊を見て、逃げ出した客が多摩川で土左衛門になって見つかった。しかも、黒焦げの状態で。多摩川の武士の一件と合致する。

それだけではない。

紅屋の幽霊は、火車が云々と口にしていたようだが、多摩川でも、同じようなことを口にした女が目撃されている。

つまり、紅屋の幽霊と多摩川の幽霊は、同一だと考える方が自然だ。

「今、決めつけるのは良くねぇが、まあ、何かしらの関係があるだろうな」

「火車の仕業《しわざ》だと思いますか？」

「莫迦を言うな。そんなものいてたまるか。仮に今回の一件が、妖怪の仕業だとしたら、おれは手を引くまでだ」

浮雲が吐き捨てるように言った。

まあ、そうなるのも致し方ない。浮雲は、幽霊は見えるものの、ただそれだけなのだ。

幽霊にしても、さっき吉左衛門に説明したように、特別な能力で祓うのではなく、見えることを活かし、彷徨っている原因を見つけ、それを取り除く——いわば説得という方法を使っている。

相手が妖怪だとしたら、手の施しようがない。

「何にしても、取り敢えずは様子を見るしかねぇよ」

浮雲は、腕を枕にしてごろんと横になると、そのまま器用に盃に酒を注ぎ啜るように呑み始めた。

呑気なようにも思えるが、今は待つしかないのも事実だ。

話が一段落着いたところで、「失礼します」というか細い声とともに襖が開いた。

若い女中が、茶を運んで来た。

宿の入口のところにいた、布で顔の左側を覆った女中だ。

行灯の薄い明かりを受けた顔は深い影が差しているように感じられた。

女中は、無言のまま、機関人形《からくり》のようにぎこちない動きで茶を出すと、一礼して部屋を出て行こうとする。

それを呼び止めたのは、浮雲だった。

いつの間にか、両眼を赤い布で覆っている。とんでもない早業だ。

「一つ訊いていいか？」

「何でございましょう？」

「夜になると、客の部屋に女の幽霊が出ると聞いたが、それは本当か？」

「そういう噂があるのは、存じ上げています」

女中が抑揚のない声で答える。

「お前は、幽霊の姿を見たことはあるか？」

○8○

「いえ」

女中は迷うことなく、きっぱりと言う。

相変わらず表情が動かないので、その言葉の真偽は分からない。

「この旅籠に、幽霊はいると思うか？」

「分かりません」

「気にならんか？」

「なりません」

「そうか」

「では――」

そう言うと、女中は部屋を出て行こうとしたが、浮雲が尚も呼び止める。

「もう一つ訊いていいか？」

「何でございましょう」

「どうして、顔の半分を布で覆っている？」

浮雲が訊ねると、女中は少しだけ考える素振りを見せた。

「病です。生まれつきの。左の目がほとんど見えていませんので、こうして布で覆っています」

「そうか。つまらぬことを訊いたな」

「いえ。私からも、一つよろしいでしょうか？」

女中が浮雲の方を見る。

「何だ？」

「あなた様は、見えるのにどうして眼を隠していらっしゃるのですか？」

突然の問いに、浮雲は面喰らっている。どうして、見えていることに気付いたのかと驚いているのだろうが、別に不思議なことではない。

浮雲は、眼を布で覆い、盲人のふりをしているくせに、女中が布で顔を覆っていることを指摘したのだ。盲人のふりを通すなら、もっと慎重にやって欲しいものだ。

「これは、魔除《まよ》けのようなものだ」

浮雲が苦笑いとともに言う。

質問の答えになっていないような気がするが、女中は興味を失ったらしく、「そうですか――」と応じ、今度こそ部屋から出て行った。

「あれは、なかなかの玉だ」

浮雲がぽつりと言う。

「どういう意味です？」

「毒女さ」

「なぜ毒なのです？」

「分からんか？」

「分からないから、訊いているのですよ」

「それが分からんようじゃ、お前は女で失敗することになるぞ」

「あなたのような、女たらしに言われたくありませんね」

「はっ。おれは女が好きなだけで、別にたらしてるわけじゃねぇんだよ」

「何が違うのです？」

歳三の問いに答えることなく、浮雲が何かを察したらしく、すっと立ち上がった。

「いるぞ——」

浮雲は襖に向かって鋭く言い放つ。

確かに、襖の向こうに気配がする。偶々、誰かが通りかかったというわけでは無さそうだ。

歳三は近くにあった杖を手に取りつつ、目線で浮雲に合図を送る。浮雲が頷き返すのを待って、歳三は勢いよく襖を開け放った。

そこには——。

吉之助が立っていた。

着物が乱れ、虚ろな表情を浮かべるその姿は、幽霊そのものであるかのように見えた。

「ぎけがぜん……」

吉之助が——いや、おそらくは憑依している幽霊が、譫言《うわごと》のように言う。

座敷牢に入っていたはずの吉之助が、どうして、こんなところをふらついているのか。あの牢には、鍵がかかっていたはずだ。

歳三が疑問に思っているうちに、吉之助がぬうっと手を伸ばして来た。

咄嗟に身を引くと、吉之助はぐらっと体勢を崩し、そのまま前のめりに倒れてしまった。

歳三は、すぐに駆け寄り脈と息を確かめる。

死んではいないようだ。

「これはいったい……」

歳三の言葉を遮るように、「うわぁ！」という男の叫び声が響いた。

次いで、バタンッと何かが倒れる音――。

今度は何だ――と廊下の先に目を向けると、奥の部屋から、武士と思《おぼ》しき男が、襖を押し倒して這い出て来た。

血の気の引いた、真っ青な顔をしている。

「どうかされましたか？」

歳三は武士に声をかける。

「で、で、出た……」

武士は、餌《えさ》を求める鯉のように、口をパクパクさせながら、さっきまで自分がいた部屋を指さした。

「歳」

「分かっています」

歳三は、吉之助を浮雲に預けると、武士の出て来た部屋に向かって歩みを進める。

部屋は行灯が消え、薄い闇に包まれていた。

中で何かが蠢《うごめ》いているのが見えた。部屋の奥だ。暗くて判然としないが、それは人の形であるように思えた。

「ひひひっ！」

甲高い声が響いた。

耳に突き刺さるような、甲高い女の笑い声だった。

歳三は、ずいっと人影に向かって歩みを進める。次第に目が慣れてきた。そこにいたのは、若い女だった。

藍色に赤い彼岸花をあしらった着物を着た女で、左の袖で口許を隠すようにしながら、じっとこちらを見ていた。

そして、右手には刃物が握られていた。

刃の部分が短く、先細った独特の形状のものだ。

女の顔は、死人のように青白く、そして痩せ細っていた。充血した目には、強い憎しみが込められている。

——この女が紅屋に現われる幽霊。

歳三が、さらに近付こうとすると、女は「ぎぃぃぃ」と金属を擦り合わせるような不快な声を上げた。

まるで、獣が威嚇《いかく》するような形相だった。

この女は、理性を失っているのだろう。さっき、浮雲は幽霊が何かを止めようとしていると言っていたが、それはおそらく己自身なのだろう。

憐《あわ》れだ――。

「あの人を返せ！　罪を償え！　火車がお前たちを連れていく！」

女がそう叫んだかと思うと、すぐ目の前でぼうっと赤い炎が舞い上がった。

身を引きながら、顔を庇《かば》うように身を躱《かわ》す。

再び歳三が目を向けたときには、炎も、そして女も、跡形もなく消えていた。

――どこに行った？

開け放たれた窓から身を乗り出して外を見ると、走っていく女の後ろ姿が見えた。

歳三は、すぐに窓から屋根に飛び出し地面に着地すると、改めて女の姿を捜した。月が出ているので、部屋の中よりは幾らか見えやすい。

――いた。

五間（約九メートル）ほど先の角の辺りだ。

先ほどと同じ、ひひひっ――という奇妙な笑い声を上げながら走っている。

一気に距離を詰めて捕らえることも考えたが、相手が幽霊だということを思い出し、止めておいた。

捕らえられないのであれば、一定の距離を保ち、その行き先を暴き出す方が、浮雲の助けになるだろう。

歳三は、距離をとりながら女を追った。

女は、東海道を多摩川方面に真っ直ぐ駆けていく。やがて、川沿いにある寺の山門を潜って境《けい》内《だい》に入って行った。

歳三も敷地の中に入る。

境内には、数多《あまた》の彼岸花が咲き誇っていた。

月明かりに照らされた赤い花は、気味が悪いほどに鮮やかだった。

本堂の建物は古い上に、半分倒壊した状態だった。それだけでなく、黒く煤《すす》けている。おそらくは、火事か何かで半焼したのだろう。

女がその本堂の中に入っていく。

歳三は、すぐにあとを追って本堂に足を踏み入れた。

だが――。

女の姿はどこにもなかった。

闇に溶けたように、その姿が完全に消えてしまっていた。

――逃げられたか。

捜そうにも、こうも暗くては手に負えない。とにかく、明かりが必要だ。一度、旅籠に戻って提灯を持って来る必要があるかもしれない。

いや、そもそも、相手は幽霊なのだ。提灯で照らして捜したところで、見つかるようなものではないだろう。

仮にその姿を見つけたとしても、触れることができないのだから捕まえようがない。

歳三は、諦めのため息を吐いた。

本堂から出たところで、歳三は異変を感じた——。

八

歳三が本堂から出るなり、寺の脇にある林の中から男たちが姿を現わした——。

人数は全部で五人。皆一様に黒い布で鼻から下を覆っていて、顔は分からない。だが、その身なりと腰に挿《さ》した刀からして、武士であるのは確かだ。

武士たちは、歳三を包囲するように歩み寄って来た。

偶々、この場所に居合わせたということでは無さそうだ。待ち伏せされたに違いない。だが、いったい何のために？

武士たちは、殺気を放ちながら、じりじりと包囲を狭めて来る。

やたらに斬りかかったり、威圧してきたりしないところを見ると、この武士たちは、それなりに場慣れしているようだ。

——さて。どうする？

「何かご用でしょうか？」

歳三は、素知らぬ顔で訊ねることにした。

誰も答えようとはしなかった。ぎらつく眼差しで、歳三を睨み付けている。まるで、親の敵《かたき》でも見るような目だ。

「少し、お訊ねしたいのですが、実は、人を捜していましてね。どなたか見かけませんでしたか。藍色の着物を着た女です」

歳三は、さらに問いを重ねる。やはり誰も口を開かなかった。

「ご存じないようですね。では、私はこれで――」

あわよくば、そのままの流れで立ち去ろうとしたのだが、そうはさせてもらえなかった。一人の武士が、歳三の行く手を阻《はば》むように立ち塞《ふさ》がった。

「つまらん方便は止せ」

正面に立った黒い羽織の武士が、低く唸《うな》るように言った。

「方便？　はて何のことだか……」

「誤魔化しても無駄だ。お前の仕業だということは、分かっている」

武士が鋭い眼光で睨んでくる。

「何か、勘違いをされているようです。私の仕業とは、何のことでしょう？」

「自分の胸に訊いてみろ」

「とんと覚えがありません」

「惚けるな！」

武士が大喝《だいかつ》する。

「惚けているわけではありません。私は、人を捜して、偶々ここを通っただけです。何のことだか、さっぱりです」

「白々しい」

「そう言われましても……。私は、ただの薬売りです。お侍様の恨みを買うようなことは心当たりがありません」

歳三は、そう言って愛想笑いを浮かべてみせた。今は、事を荒立てたくはない。できれば、このままやり過ごしたかった。

「嘘を吐くな。ただの薬売りが、武士に囲まれて、笑っていられるものか」

武士に言われて、歳三は、そうか――とようやく納得する。

普通は、このように武士に囲まれたら、怯えたりするものなのだろう。冷静に対応し過ぎたせいで、思わぬ襤褸《ぼろ》が出てしまったようだ。

今から怯えた演技をしたところで、あざとく見えてしまうだけだろう。

「参ったな……」

「お前は何者だ？　言わなければ斬る――」

「何者と言われましても、私はただの薬売りだと申し上げています」

「これ以上、惚けるなら容赦《ようしゃ》はせんぞ！」

武士は遂《つい》に刀を抜いた。

それに倣《なら》うように、他の四人も一斉に抜刀する。

歳三は、それを見て思わず笑ってしまった。意気揚々と構えてみせているが、全然成っていない。

それに、大勢で囲んでいるのだから、自分たちは負けるはずがないという驕りが見える。

「何がおかしい！」

武士がより一層、いきり立つ。

「この私と、本気でやり合うおつもりですか？」

歳三は、そう問い掛けながら持っていた杖を握り込んだ。

この杖はただの杖ではない。中に刃が仕込んである。仕込み刀というわけだ。刀身は細く脆《ぜい》弱《じゃく》だが、まあ何とかなるだろう。

これまでの立ち振る舞いで、男たちの力量はだいたい分かった。人数は向こうの方が圧倒的に多いが、所詮《しょせん》は烏合《うごう》の衆だ。

「薬屋風情《ふぜい》が粋《いき》がるなよ！」

武士が顔を真っ赤にしながら叫ぶ。

「止めておけばいいものを——ただ、どうしてもやると仰るなら、止めはしません」

歳三はそう呟きつつ、自嘲気味に笑みを浮かべた。

何だかんだ言いながら、歳三は心のどこかで斬り合いになることを望んでいたのだろう。だから、敢えて武士たちに挑発的なもの言いをしたのだ。

——久しぶりに血が吸える。

江戸にいたとき、幾度となく立ち合ったことがあるが、主に木刀を使っていたので、相手を殺すまでには至らなかった。歳三が情けをかけたわけではない。

浮雲がいたからだ――。

あの男は、幽霊が見えるせいで、相手がどんな悪人であれ、その命を奪うことを極端に嫌う。殺したところで、恨みや憎しみが消えることはなく、むしろ、新たな火種を生むことを肌で感じ取っているからだろう。

その浮雲のせいで、歳三は何度も寸前のところで殺生を止められたものだ。だが、今ここに浮雲はいない。

思う存分にやれると思うと、腹の底から熱を持った衝動が湧き上がってくる。

「後悔させてやる！」

武士が刀を上段に構えながら大喝する。

「口先だけの野良犬が、ぎゃんぎゃん吠《ほ》えるな」

「な、何？」

「ちゃんと殺してやるから、安心してかかって来い――」

歳三は言いながら仕込み刀に手をかける。

「待て！　待て！　待て！」

今まさに、歳三が仕込み刀を抜き放とうとした刹那《せつな》に声がかかった。

見ると、袴の裾をたくし上げ、大声を上げながら、もの凄《すご》い勢いで走って来る男の影が見えた。

「こんなところで、寄って集《たか》って何をしている！」

そう言いながら駆けつけて来たのは、舟で一緒になった男――才谷梅太郎だった。

突然の闖入者《ちんにゅうしゃ》に、武士たちが一様に狼狽《うろた》える。

「何があったか知らんが、こんな風に、取り囲んで斬りかかろうなど、武士の風上にも置けん！」

才谷が啖呵《たんか》を切った。

歌舞伎役者のように堂に入っている。

「邪魔立てするなら、お前も斬る」

武士の一人が、すっと正眼に構えながら切っ先を才谷に向けた。

相変わらず構えがなっていない。脇も甘いし、肩に力が入り過ぎている。そんな構えで、才谷が斬れるはずがない。

しかし、武士は実力差をわきまえず、「えいっ！」と才谷に真っ向から斬りかかった。

――愚かな。

案《あん》の定《じょう》、才谷は素速く武士の懐に潜り込んで間合いを潰すと、そのまま右の拳骨《げんこつ》を鼻っ面に叩き込んだ。

武士は、刀を取り落としてひっくり返ると、そのまま動かなくなった。

赤子の手を捻るように容易く、素手で刀を持った武士を打ち倒してしまった。想像通り、才谷という男は滅法強い。

「さあどうする？　まだやるか！」

才谷の問いに答える者はいなかった。

「やる気がないなら、この男を連れて早々に立ち去れ！」

才谷のその言葉を合図に、武士たちは、倒れた男を引き摺《ず》るようにして、そそくさとその場を去っていった。

「ありがとうございます。お陰で、命拾い致しました」

歳三は、去っていく武士たちの姿を、名残惜しく見送りながらも、才谷に頭を下げた。

そうしながらも、熱を持った衝動が胸の内で燻っていた。

痺れるような緊張感の中、人を斬るあの感触を味わえると思っていたのに、その機会を逸してしまったのだ。

「本当は、自分で斬りたかった――そんな顔をしているな」

才谷がぽつりと言った。

どうやら、心の内が顔に滲《にじ》み出てしまっていたようだ。

「ご冗談を。ただの薬売りが、武士を相手に斬り合うなど、滅相もありません」

歳三は苦笑いを浮かべながら、衝動を抑え込んだ。

「隠しても分かる」

やはり、才谷ほどの男が相手では、いくら表面を取り繕《つくろ》ったところで、隠し通せるものではないようだ。

とはいえ、素直に認めるような状況にもない。

「隠すようなものは何もございません」

「よく言う。お前さんは、ただの薬屋ではないだろう」

「では、何なのです？」

「そうだな。言うなれば狼さ」

「狼？」

「そう。血に飢えた狼だ。おれが助けたのは、お前さんじゃなく、あの武士たちの方かもしれんな」

才谷のその言葉に、歳三は思わず笑ってしまいそうになる。

――おれが狼なら、あんたは龍だろうに。

心の内で呟きつつも、歳三は首を左右に振った。

「私のような臆病者のことを狼とは。面白いことを仰います」

歳三は、そう言って笑ってみせたが、才谷は笑わなかった。射貫《いぬ》くような視線を、歳三に向けてくる。

――そんな目をするな。

これ以上、そんな風に見られたら、せっかく抑えた衝動が、再び湧き上がってしまう。

お前と――。

斬り合いをしたくなる。

歳三の心情を知ってか知らずか、才谷はここでようやっと表情を緩めた。

「まあいい。そういうことにしておこう」

「はあ」

「それで、お前さんは、どうして武士に囲まれたりしていたんだ？」

「それが、私にも覚えがないのです。いきなり、囲まれてしまいまして」

「いきなりあんな風に、囲まれたりはしないだろ。それに、こんな夜更けに、廃寺をうろついているというのも、おかしいだろ」

意外と細かいことに気が付く男のようだ。

「それについては、色々と事情がありまして……」

「なかなか面白そうな話だな。もし、良ければ詳しく聞かせてはもらえんか？」

才谷は、顎に手を当てながら、うんうんと頷いた。

そういえば才谷は、多摩川で土左衛門になった武士の一件を追っていたはずだ。

さきほどの紅屋と多摩川の一件は繫がっている。相互に情報を交換するのは、有益かもしれない。

九

「さあ。呑め呑め」

浮雲が上機嫌に言いながら、才谷の盃に溢《あふ》れんばかりの酒を注ぐ。

才谷は溢れそうになった酒を、ずずっと啜ったかと思うと、一気に呷った。

「美味い」

熱い息を吐きながら、才谷がぽんっと膝を打つ。

「なかなかいけるくちだな」

「いやいや。お前さんも、なかなかのものだ。さっきから、一向に酔った気配がない」

「酒に呑まれるほど、落ちぶれちゃいねぇよ」

などと言い合いながら、二人で酒を酌み交わしている。

才谷に事情を説明しつつ、彼が持っている火車の一件に関する話を聞き出そうと、紅屋の浮雲の部屋まで連れて来た。

ところが、蓋《ふた》を開けてみれば、妙に意気投合した浮雲と才谷が、事情説明そっちのけで酒盛りを始めてしまった。

こうなると、呆れてものが言えない。

「どうだ。歳。お前も呑め」

浮雲が、ずいっと盃を差し出して来た。

溢れた酒が、びちゃびちゃと畳に落ちている。

「呑みませんよ。はしゃぐのは勝手ですが、きちんと依頼は果たして下さいよ」

歳三が言うと、浮雲が露骨に嫌な顔をした。

「真面目も、ほどほどにしろよ」

「酒もほどほどにして下さいよ」

「かわいげのねぇ野郎だ」

「あなたのような男に、かわいがられても、気色が悪いだけです」

口では勝てないと思ったのか、浮雲はちっと舌打ちをしてから、深いため息を吐いた。

「分かったよ。お望み通り、幽霊の話をしようじゃねぇか」

浮雲は、盃の酒を一息に呷ると、ようやく緩んだ表情を引き締め、あぐらをかいて座り直した。

才谷も、それに倣うようにしゃんと背筋を伸ばす。

二人とも、相当に呑んでいたはずだが、それを全く感じさせない変わりようだ。

「で、何から話す？」

浮雲が訊ねてくる。

「まずは、私たちが何をしていたかを説明した方がいいのではないでしょうか？」

「だったら、歳が説明しろ」

押しつけるような物言いに呆れたものの、ここで逆らって話が長くなるのも本意ではない。

歳三は、紅屋で起きている怪現象の依頼を受けるに至った経緯から、寺で武士に囲まれるまでを仔細に説明した。

「なるほど。そこに、おれが駆けつけた——というわけか」

才谷がうんうんと頷く。

「そういうことです」

「話の流れからして、歳三を囲んだ武士たちは、この宿で起きている怪現象に、かかわりがあったかもしれんな」

「私も、そう思います」

　あの武士たちが、偶々、女の幽霊が消えた廃寺にいたということはあり得ないだろう。いきなり歳三を囲んだのだから、何かの意図があってのことに違いない。

「そうなると、一人くらいとっ捕まえておけば良かった」

　才谷が、悔しそうに言う。

　確かに捕らえておけば話は早かった。武士たちが、何者であるのか分かるだけでも、事件を解決する糸口にはなったはずだ。

「今は、それを悔いても仕方ありません。それより、あなたの方はどうだったのですか？」

　歳三は、浮雲に視線を向ける。

「どうとは？」

「いちいち惚けないで下さい。面倒臭い」

「何が面倒だ。阿呆が」

「阿呆はあなたでしょ。私が女の幽霊を追っている間、あなたもここで呆けていた訳ではないでしょ」

「まあな。ただ、大して面白い話ではなかった」

　何だかんだ抜け目のない浮雲のことだ。ただ、黙って時間を過ごしていたわけでもないはずだ。

「今は、面白さを求めていません。どんな話を聞いたか、教えて下さい」

歳三がそう促すと、浮雲は不満そうに鼻を鳴らした。

「部屋から飛び出して来た男は、大久保幸四郎《おおくぼこうしろう》とかいう武士だ。何でも、会津藩から遊学で来ているらしい」

「遊学で江戸なら分かりますが、どうして川崎宿に？」

「遊学先は江戸だが、大師参りで川崎に来たと言っていた。まあ、こんな世の中だからな。本当かどうかは怪しいところだ」

言わんとしていることは分かる。黒船が来航し、日米和親条約が結ばれたが、それを良しとしない連中が数多いると聞く。

弱腰の幕府が、諸外国との間に、不利益な条約を結んでしまうのではないかと危惧する一部の武士が、幕府のやり方に異を唱え始めているのだ。

単に会合を開いて談義をしているくらいならいいが、中には要人の暗殺などを企てる過激な連中もいる。昨今は、そうした武士たちが、遊学の名目で江戸に足を運んでいるという話を多く耳にする。

大久保とかいう武士が、そうした輩の一人である可能性は充分にあり得るだろう。

「それで――大久保という武士から、女の幽霊のことは聞いたんですか？」

「ああ。ただ、吉左衛門が言っていた話とほぼ同じだ。夜、部屋にいると女が入って来た。床の相手をしてくれる飯盛女だと思い、ことに及ぼうとしたのだが、女は行灯の油をちろちろと舐め始めた」

「それで――」

「声をかけると、火車が連れていくとか、罪を償えとか、そんなことを喚き出したらしい。口の端からは、炎が漏れ出ていたと言っているが、だいぶ荒れてたからな。真偽のほどは分からん」

浮雲が苛立たしげに、がりがりと髪をかき回す。

「その大久保という武士は、女の幽霊に心当たりはあるんですか？」

「本人は無いと言っている」

「あなたは、それを信用して退き下がったのですか？」

その辺りがどうにも浮雲らしくない。

相手が素直に喋らないのであれば、手練《てれん》手管《てくだ》を尽くし、場合によっては脅しをかけてでも話を引き出すのが浮雲という男だ。

「邪魔が入ったんだよ」

「邪魔？」

「ああ。吉左衛門だ。あいつがしゃしゃり出てきて、相手は常連さんで立場もあるので、これ以上の詮索はしないで欲しいときたもんだ」

浮雲は、やけっぱちに言いながら盃に酒を注ぎ、ぐいっと呷る。

なるほど。浮雲の機嫌が悪くなる訳だ。ただ、吉左衛門の気持ちも分からんでもない。旅籠を営む者として、常連の武士が気分を害したとあれば商売に響く。ただでさえ、紅屋は客足が減っているのだ。

「それで、その大久保という武士は、どうしたんですか？　宿を出たんですか？」

「いや。吉左衛門が別の部屋を用意するってことで、納得したようだった」

「そうですか。それで吉之助の方は、どうだったのですか？　なぜ、座敷牢に入っていたはずの吉之助が、廊下をうろついていたのです？」

「女中が飯を差し入れたときに、鍵をかけ忘れたって話だ。本当かどうかは、分からんがな……」

「ほとんど収穫が無かったわけですね」

歳三が敢えて口にすると、浮雲が「うるせぇ！」と墨で描かれた眼でぎろりと睨んできた。

「私どもの事情は、だいたいこんなところです。そこで、才谷様にもお伺いしたいのですが……」

こちらの話が一段落したところで、歳三は才谷に目を向けた。

「梅太郎でいい」

歳三の言葉を遮るように、才谷が言った。

「はい？」

「才谷様なんて、まどろっこしい呼び方は好かん。だから、梅太郎でいい。さん付けもいらない。何だったら、梅でもいいぞ」

そう言って、快活に笑った。

薄々は感じてはいたが、才谷は身分を鼻にかけるような武士ではないのだろう。とはいえ、いきなり梅太郎や梅などと呼ぶのもどうかと思う。

「才谷さんというのは、どうですか？」

歳三が提案すると、才谷は、少し考える素振りを見せたあと、「様よりはましか」と納得してくれた。

「実は、拙者《せっしゃ》は土佐藩の武士でな。江戸に遊学して、北辰一刀流《ほくしんいっとうりゅう》の桶町《おけまち》道場に世話になっている」

土佐というのは意外だったが、才谷には訛りがあったので、江戸の人間ではないだろうということは分かっていた。

「北辰一刀流を学んでおられるのですか。どうりで」

北辰一刀流といえば、神田にある玄武館《げんぶかん》が有名だ。門下生は数千人もおり、江戸の三大道場に数えられるほどの隆盛を極めている。

ひたすら技術のみを追求した剣術道場だと聞く。合理性を重んじ、他の剣術道場では十年かかるところを、五年で完成するという話があるくらいだ。

益々、斬り合いたいという願望が湧いてきたが、何とかそれを抑え込んだ。

「その道場で親しかった細川藤十郎《ほそかわとうじゅうろう》という男がいる。薩摩から遊学に来た男だ。その藤十郎が、川崎のお大師様に参拝に行ったが、戻って来なかった」

「そして、多摩川に浮かんでいた――というわけですね」

「そうだ。物の怪にやられたと聞いたが、おいそれとそれを信じることができなくてな」

「それで、調べに来たというわけですか？」

「うむ。何か、裏があるのではないかと思ったわけだ」

「そうでしたか」

親しかった藤十郎のためなのか、単なる好奇心なのか、どちらにしても、わざわざ足を運んで確かめようというのだから、酔狂な男であることは間違いない。

「それで、梅さんは何か摑めたか？」

遠慮のない浮雲は、歳三とは違って「梅さん」とすっかり親しげだ。

「いや。何も。というか、船頭たちに話を聞いて回ろうと思ったんだが、なにぶん時間が遅かったこともあり、捕まらんかった。宿もとってなかったし、寺の境内で野宿しようと思って足を運んだところで、歳三に会ったというわけだ」

「私は運が良かったですね」

歳三が言うと、才谷はがははっと笑った。

「まだ、そのようなことを言うか。歳三なら、あの程度の連中など、相手にもならんかっただろうよ」

「ご冗談を――」

歳三は小さく頭を振りながら、心にもないことを言った。

いつもは気にならないが、才谷といると調子が狂う。自分の腹の底にいる何かが暴れ出す。

「どうも、同じものを追いかけているようだし、協力して事件を解決しようではないか」

才谷がぽんっと膝を打ちつつ提案してきた。

悪い話ではない。だが、これからも才谷と一緒に行動するとなると、自分を抑える自信がない。

「よし。乗った！」

歳三の心情などお構い無しに、浮雲が景気よく声を上げる。

「そうと決まれば、まずは酒を酌み交わそう」

才谷が盃を持って声を上げる。

「応よ」

浮雲がそれに応じる。

――また始まった。

さっきまで、ずっと呑んでいたではないか。にもかかわらず、また呑み始めようというのか。

酒を呑むのは勝手だが、これ以上は、付き合っていられない。

「終わったら教えて下さい」

「何だ。歳三は呑まんのか？」

「そうだ。呑んで行け」

浮雲と才谷が口々に言う。

こうも意気投合するとは。朝には、兄弟の契りでも交わしていそうな勢いだ。

「私は遠慮しておきます」

歳三は、そう告げると、浮雲と才谷を残したまま部屋を出た――。

十

部屋に戻った歳三は、正座して、ふっと息を吐いた――。

未だに気持ちが昂《たかぶ》っている。

廃寺で人を斬れなかったこともあるが、才谷が放つ覇気に引っ張られている部分もあるのだろう。

才谷は、歳三のことを狼だと称した。

否定はしてみたが、自覚している部分はある。歳三の心の奥底には、人の血を求める獣が棲んでいる。

仕込み刀を手に取り、その柄をきつく握る。

目の前に人が立っていることを思い浮かべ、横一文字に杖を振るう。

びゅっと風を切る音はしたが、何の手応えもない。

目の前に、本当に人が立っていたなら。この杖が真剣であったなら。そう思うと、腹の底から黒い衝動が湧き上がってきた。

歳三が初めて人を殺したのは、十一歳のときだった――。

殺したのは、奉公先の主人だった。

強欲で底意地の悪い男で、己の気分一つで、奉公人たちに殴る蹴るの暴行を加えるような外道だった。

ただ、それに耐えかねて殺したわけではない。

その日の夜——歳三は布団に入ったのだが、どうも寝付けなかった。蒸し暑い夜だったからかもしれないし、満月のせいかもしれない。

しばらく、布団の上でごろごろとしていたのだが、何かが倒れるような物音を聞いた。音がしたのは蔵の方だった。

歳三は、布団を抜け出し、引き寄せられるように蔵に向かった。

蔵の前まで来て耳を澄ますと、中から人が言い争っているような声が聞こえた。

——誰かいるのか？

そう思った矢先、甲高い女の悲鳴が響いた。

中で何かあったらしい。

どういうわけか、蔵の扉は鍵が開いていた。

歳三は、ゆっくり扉を開けて蔵の中に足を踏み入れる。

暗闇の中で、何かが動いていた。

最初は見えなかったが、次第に目が慣れ、中の様子が分かるようになってきた。

女中の一人が床に寝ていた。着物がはだけて、半裸の状態だった。そして、主人がその上に馬乗りになっている。

最初は、まぐわっているのかと思った。主人が女中たちに手を出していることは、奉公人なら誰もが知っていることだ。

そうした現場に出会したのかと思ったが、どうも様子がおかしい。

「あっ」

歳三は思わず声を上げた。

主人は、手に肉切り包丁を持っていた。

月明かりに照らされた刃の部分には、赤黒い液体がべったりと付いていた。

あれは血だ――。

主人が歳三に気付いて顔を向けてきた。

目が据わっていた。

「見たな――」

主人が低く唸るような声で言った。

「…………」

「おれは悪くない。この女が、嫌がるからいけないんだ。そうだろ？」

主人の言葉を聞き、歳三は何が起きたのかを悟った。

おそらく、主人は女中を手籠めにしようと蔵の中に連れ込んだのだろう。だが、抵抗された。

だから――殺した。

不思議なことに、怒りとか恐怖の感情は、まったく湧いてこなかった。歳三の心は凪いでいた。

「主人に逆らうのは、悪いことだ。悪いことをしたら、殺してもいいんだ」

にたにたと笑みを浮かべながら、主人はそう言った。

――そうか。

悪いことをしたら、殺していいのか。

歳三は、主人の言葉に得心した。

主人が包丁を持ったまま、ゆっくりと歳三に歩み寄って来た。口封じのために、歳三を殺そうとしているのだと分かった。

そこからの記憶は酷く曖昧《あいまい》だ。

気付いたときには、包丁は歳三が持っていて、主人は血塗《ちまみ》れになって動かなくなっていた。

歳三はそのまま蔵を出ると、井戸に行き、身体に付いた血を丹念に洗い流した。

そうしている間も、歳三の心は静かだった。

――悪いことをしたら、殺してもいいんだ。

主人の言った言葉が歳三の頭の中で、ぐるぐると回り続けていた。

翌日、死体が見つかって騒ぎになったのだが、女中と主人が痴情《ちじょう》のもつれの末に、心中したということで落ち着いてしまった。

不思議だった。

何がどうなって、主人を殺すことになったのかは覚えていないのに、掌には人間の皮膚を裂き、肉を断つ感触がいつまでも鮮明に残っていた。

そして今も――。

これから部屋を出て、あの武士たちを見つけ出し、斬り合うというのも悪くない。

そんなことを真剣に考えていると、天井から糸を伝って蜘蛛が下りて来た。

歳三は、真っ直ぐにその蜘蛛を見据えると、袈裟懸けに斬りつけた。手許が僅かに狂い、杖は蜘蛛に当たることなく、糸を切っただけだった。

畳の上にぽとりと落ちた蜘蛛が、八つある足を動かしながら、部屋の隅に逃げようとする。

それを杖で押し潰そうとしたところで、すうっと襖が開いた。

顔の左側に布を巻いた、あの女中だった。

悪戯《いたずら》を見咎《みとが》められたような、妙な気分になり、歳三は居住まいを正した。

「こんな夜更けに、何の用です？」

歳三が問うと、女中は部屋の中に入り、三つ指を突いて静かに頭を下げた。

が、何も言わなかった。

――この女は、いったい何をしに来たのだ？

そう思った歳三だったが、すぐにその答えに行き当たった。

ここは、飯盛旅籠だ。この女中は、夜の相手をするために、歳三の部屋にやって来たのだろう。

「お前が、床の相手をするというのか？」

歳三は杖を置き、女中の向かいに座りながら訊ねた。

「左様でございます」

女中が答える。

「歳は？」

「十五でございます」

「十五」

歳三は、思わず驚きの声を上げた。

「若いな」

「そうでもありません」

確かに、十五で客を取っている女は、そこらじゅうにいる。格別、幼いというわけでもない。

どうも、この女中の放つ不思議な空気に呑まれている節がある。或《ある》いは、歳三の中に燻る黒い衝動のせいでそう見えているだけか。

「お前は、なぜこのような場所で働いている？　親に売られたのか？」

歳三が問うと、女中は不思議そうに首を傾げる。

「私が、親に売られたとして、それがあなた様に、何かかかわりがございますか？」

声は小さいが、凜《りん》とした響きがあった。

「いや。ない」

そうだ。この女中が、どんな生い立ちであろうと、それは歳三には一切関係のないことだ。

馴染みの客になるつもりならまだしも、歳三は旅の途中だ。どうせ、もう会うことはない。女中の歩んで来た道を知ったところで何の意味もない。

「ならば、早速、お相手をして下さいまし。次のお客様も待っていますので」

女中はそう言って、するすると帯を解いていく。

歳三は、咄嗟にその手を摑んだ。

枯れ枝のように細い腕だった。力を入れれば、ぽきりと折れてしまいそうなほどだ。

ろくに食べていないのだろう。こんな状態では、近いうちに投げ込み寺の世話になることになるだろう。

「そのままでいい」

歳三が告げると、女中は得心したように小さく頷いた。

「分かりました。では、他の女中を呼んで参ります」

「他の女中？」

「私では、お気に召さないご様子ですので」

「そうは言っていない」

「お気遣い頂かなくても、結構でございます。よくあることですから。このような顔では、萎えるでしょう」

女中は、すっと顔を覆う布に手を当てた。

確かにそういう男はいるかもしれない。だが、歳三は別に何とも思わない。布で半分隠れていようが、美しいことに変わりはない。

「違う。ただ、今は、そういう気分ではないのだ」

「では、どういう気分なのです？」

「そうだな。人を斬りたい——そういう気分だ」

なぜ、浮雲にすら明かしていない胸の内を、今日会ったばかりの飯盛女に語っているのか、自分でもよく分からなかった。

女中の虚ろな目が、そうさせたとしか言い様がない。

「では、私を斬りますか？」

少しは驚くかと思ったが、女中は淡々とした調子でそう言った。

「斬っていいのか？」

「お望みとあらば——」

そう言って、女中はすっと顎を引いた。

——どういう女なのだ。

歳三は混乱した。

これまで、出会ったどの女とも違う。

何を考えているのか、その心の内がまるで見えない。いや、そうではない。この女は、どこまでも寛容なのかもしれない。

それも違う。自らの命を差し出しておいて、寛容も何もあったものではない。

「お前は、何が望みだ？」

歳三は訊ねてみた。

女中は、しばらく無言で歳三を見ていたが、やがて眉間に皺《しわ》を寄せた。

「おかしな方ですね。抱くなら、抱く。嫌なら追い出す。それだけのことではありませんか。私たち飯盛女は、そういうものなのです」

「そうか。そうかもしれん。だが……」

「だが、何でございましょう？」

——いったい、何の話をしているんだ？

歳三自身、よく分からなくなっていた。さっさとやることをやってしまえばいい。女を知らぬ訳でもない。それなのに、何をぐだぐだとしているのか。

「あなたは、矛盾を抱えていらっしゃいます」

「矛盾？」

「あなたは、相手が私たち飯盛女であろうと、道具として見ることができない。だから、迷ってしまう。それは、優しさなのでしょう」

「いや、そんなことは……」

「そのくせ、人は平気で斬ることができる」

「確かに矛盾だな」

歳三は、思わず笑ってしまった。

女中の言う通りだ。

人を斬りたいという欲求はある。死んだ人間が、どうなろうと、知ったことではないという開き直りまで持っている。

そのくせ、飯盛女であるこの女中が、意に反して男に身体を開くことを、憐れで虚《むな》しいと感じてしまう。

指摘されて、初めてその奇妙さに気付いた。

「何がそんなにおかしいのでございますか？」

女中の眉間にまた皺が寄る。

「お前が、面白い女だからだ」

「どう面白いのです？」

「いや。何でもない」

歳三は、そう答えながら女の隣に腰をおろした。

半裸の女の白い肌が、行灯の明かりの中でゆらゆらと揺れている。

「お前、名は？」

歳三が問うと、女中は冷たい目を向けてきた。

「名は必要ですか？」

「ああ」

「どうしてです？　名など呼ばずとも、まぐわうことはできます」

「おれは、他の女ではなく、お前が抱きたい。だから、名を教えろ――」

「千代《ちよ》」

僅かに目を伏せながら、そう答えた。

歳三は、千代の身体を無造作に引き寄せる。

「あなたは、狼のような人ですね」

千代が囁くように言った。

「狼？」

才谷にも同じことを言われた。血に飢えた狼だと。自分は、そんなにも、攻撃的に見えるのだろうか。

「ええ。こんなに怯えて。可哀相《かわいそう》に――」

千代が歳三の頭を撫でた。

そうか。この女には、歳三のことが、そんな風に見えていたのか。妙に納得しつつ、千代の胸に顔を埋めた。

か細く冷めたその身体は、歳三の歪んだ熱を冷ましてくれているようだった――。

二 業火

一

歳三は、朝早くに目を覚ました――。

ゆっくりと身体を起こしつつ、隣に目を向ける。

昨晩、そこに寝ていたはずの千代の姿は、最初から存在しなかったかのように消えていた。

掌でそっと布団に触れてみる。

ひんやりとしていて、もう名残はない。

千代が床を抜け出したことにも気付かないほど、深い眠りについていたことに、自分でも驚いた。

これまで、こんなことはなかった。どんなに疲れていても、常に眠りは浅く、わずかな物音や気配で目を覚ます性質だったというのに、どうかしている。

――あなたは、狼のような人ですね。

床を抜け出した歳三の耳に、昨晩、千代が囁いた声が生々しく蘇った。

最初は、才谷と同じように、歳三の心の奥底に潜む凶暴さを見抜いたからこそ、狼と喩えたのだと思った。

だが、次に千代が発したのは、それとはまったく逆の言葉だった。

――こんなに怯えて。可哀相に。

そう言いながら、千代はそっと歳三の頭を撫でた。

不思議と否定する気は起きなかった。全てを見透かしているような、冷たい眼差しの前では、どんな言葉も安っぽくなる気がした。

それに、千代が言うのだから、そうなのだろうと、妙に納得してしまう自分もいた。

何も言わない代わりに、折れそうなほど力強く千代の身体を抱いた。

華奢な身体が、悲鳴を上げているようだったが、それでも、歳三は衝動を抑えることができなかった。

そうしていると、心を塗り潰している闇の中に、少しだけ明かりが灯ったような気がした。

久しく忘れていた、人の温もりというものを、確かに感じた。

――止そう。

歳三は内心で呟き、昨晩のことを頭の中から消し去った。

商売女との一夜の戯《たわむ》れだ。そんなものに、心をかき乱されるほど初心《うぶ》な人生を歩んできたわけではない。

どんなに取り繕おうと、自分の心の底にある、墨汁のように真っ黒な衝動をなかったことにはできない。

歳三は、簡単に身支度を済ませると、浮雲の部屋に顔を出した。

昨晩、相当に呑んだのだろう。浮雲と才谷の二人は、大の字になり、大鼾《おおいびき》をかいて眠っていた。

酔っていても、浮雲は両眼を覆う赤い布を外さなかったらしい。

才谷は、浮雲が盲目でないことに薄々感付いているような気がする。こんな面倒な布は早々に外してしまえばいいものを――。

才谷なら、浮雲の赤い両眼を見ても、別段驚くことはないだろう。それがどうしたと笑い飛ばすくらいの器の広さは持っている。浮雲も、それは分かっているだろうに、それでも布を外さない。

まあ、そうした頑固さが、浮雲らしさだったりもする。

「おはようございます」

声をかけてみたが、二人とも、ぴくりとも動かない。

「もう朝ですよ」

障子を開けて陽の光を入れてみたが、やはり二人とも眠ったままだった。

どうしたものか――歳三は才谷を見下ろした。

口を開けて、がーがーと鼾をかいている様は、あまりに無防備だった。昨晩は、龍のような覇気を持った男だと思ったが、今はその面影がない。

興醒めした歳三だったが、自分も、さっきまで同じように寝ていたことを思い返し、苦笑いを浮かべる。

――おれは千代に、警戒心を解いてしまっていたのか。

ふと、そのことに思い至った。

だから、あんなにも無防備に寝姿を晒し、千代が床を離れたことにすら気付かなかったのだ。

消し去ったはずの記憶が、再び呼び戻されたところで、才谷がパチッと目を開けた。

「寝首をかく気じゃないだろうな」

才谷が笑い声を上げた。

「まさか。私などでは、到底才谷さんには、太刀打ちできませんよ」

歳三は、すぐに商い用の笑みを浮かべてみせる。

「まだ、そのようなことを言うか」

才谷は、がりがりと首筋をかきながら身体を起こした。

「私は、ただの薬売りですから」

「お前さんは、薬売りの皮を被った狼であろう」

「どういう意味ですか？」

「分かるだろう。お前さんには隙がない。虎視眈々《こしたんたん》と獲物を狙う獰猛《どうもう》な目をしている。まさに狼よ」

「まさか」

歳三は苦笑いとともに口にした。

やはり同じ狼でも、才谷と千代とでは、意味合いがまるきり違う。なぜか、そのことに安堵《あんど》した。

「おう。歳か。もう起きたのか」

浮雲が、大きなあくびをしながら、身体を起こした。

今、目を覚ましたのか、或いは、既に起きていて、才谷とのやり取りを聞いていたのかは定かではない。

この男もまた、底が知れない。

「昨晩は、ずいぶんと呑んだようですね」

「ああ。呑んだ。少しばかり呑み過ぎた」

浮雲が大きく伸びをする。

「あなたが、酔い潰れるまで呑むなんて、珍しいですね」

「ああ。お陰で、飯盛女との楽しい一夜が台無しだ」

浮雲が苦々しく言う。

無類の女好きの浮雲が、飯盛女との一夜を忘れるほどだったのだから、相当に才谷と馬が合ったのだろう。

「それは残念でしたね」

歳三が言うと、浮雲は舌打ちを返してきた。

「お前の方は、どうだったんだ？」

「ご想像にお任せします」

「誰が、お前の営みなんぞ想像するか」

浮雲は、起き抜けだというのに、瓢の酒を盃に注ごうとする。だが、空だったらしく、気の抜けた息を吐いた。

この期《ご》に及んで、まだ呑もうとするとは――呆れてものが言えない。

「まだ、酒が抜けないところ、申し訳ありませんが、早速、色々と調べを進めようと思うのですが、いかがですか」

歳三は、そう本題を切り出した。

「調べるって、いったい何を？」

浮雲は、墨で描かれた眼で歳三を見た。

惚けているだけなのか、それとも、酒が抜けていないせいで、頭が回っていないのか。どちらにしても、面倒なことこの上ない。

「火車の一件ですよ」

歳三が言うと、浮雲は「ああ」と呻くように応じながら、ぼさぼさの髪をがりがりとかき回した。

どうやら本当に目的を失念していたらしい。

「そうだった。そうだった。肝心なことを忘れるところだった」

才谷も今まさに思い出したとばかりに、ぽんっと膝を打ったが、浮雲とは違って、どうもあざとく見える。

「只で泊めてもらっているんです。何もしないというわけにはいきませんよ」

「分かってるよ」

浮雲は、大きなあくびをする。

真剣みが足りない気がするが、この男は平素からこの調子なので、いちいち指摘するのも面倒だ。

「で、何から取りかかりますか？」

「何からって言われてもな……」

浮雲が首を傾げたところで、すっと襖が開き、女中が入って来た。

昨日、客間に案内してくれた女中だった。朝飯の配膳に来たらしい。麦飯に乾物と山菜の煮付け。充分過ぎるほどのもてなしだ。

「お前さん、名は何という？」

浮雲が、配膳をしている女中に訊ねた。

「宮《みや》と申します」

そう答えた女中は、配膳を終えてそそくさと部屋を出ようとしたが、それを浮雲が呼び止めた。

「お宮。お前に訊きたいことがある」

「な、何でございましょう？」

お宮は表情を硬くしながらも、こちらに向き直った。

「幽霊を見てこの宿を逃げ出した武士というのは、細川藤十郎で間違いないな」

「は、はい」

お宮が消え入りそうな声で返事をした。

才谷が、歳三に目配せしてきたので、頷き返しておいた。やはり同一人物だったようだ。

浮雲が訊ねる。

「紅屋に幽霊が現われるようになったのは、いつ頃からだ？」

「十五日くらい前だと思います。夜中に、お客様が大騒ぎをしたので覚えています」

「その後、その客はどうした？」

「こんな宿には泊まれないと仰って、逃げるように出て行ってしまいました」

「藤十郎のときと同じように――か？」

「はい」

お宮がこくりと頷く。

「そのとき、宿を出たのは、どういう男だ？」

「平田《ひらた》様というお侍様です」

「その平田も、多摩川に浮いていたのか？」

「その後、どうなったかは、私どもには……。ただ、行方知れずになったという噂があって、それで紅屋に妙な評判が立つようになったのです」

お宮は小さく首を左右に振った。

「なるほど……」

浮雲は尖《とが》った顎に手を当て、何かを考えているようだった。やがて、何かを思いついたのか、再びお宮に顔を向けた。

「幽霊が現われたのは、何れも同じ部屋か？」

「はい。幽霊が出るのは、決まって奥にある一番上等な部屋です」

浮雲の問いに、お宮が答えた。

「その部屋に何かあるかもしれませんね」

歳三が口を挟むと、浮雲がうむっと大きく頷いた。

浮雲曰く、幽霊は自分が死んだ場所、あるいは思い入れの強い場所に姿を現わす傾向があるのだという。それが正しいなら、その部屋に何かあるのかもしれない。

「もう一つ、訊いていいか？」

間を置いてから、浮雲がお宮に墨で描かれた眼を向ける。

お宮は少し怯えた表情を浮かべつつも、「何でしょう？」と問い返してくる。

「お前は幽霊を見たことがあるのか？」

「ええ。一度だけ……」

「詳しく聞かせろ」

「十日ほど前だったと思います。お客様のお相手をしたあと、朝方に、眠りにつこうとしたんですが、その日はどういうわけか、全然寝付けませんでした。布団の上で寝返りを打っていると、どこからともなく声が聞こえてきたんです」

「声？」

浮雲が合いの手を入れる。

「はい」

そこまで言ったあと、お宮は一度、目を天井に向けた。

「何かいたのか？」

「はい。廊下に、女が立っていました。私が声をかけると、ゆっくりとこちらを振り返ったのですが、そのますうっと奥に消えてしまったんです……」

「見たのは、それ一回きりか？」

「ええ。直接見たのは、それだけです」

「直接、見てなくても、妙なことはあった——ということか？」

浮雲が突っ込んだ質問をすると、お宮は苦い顔をした。

「細かいのを挙げたら、キリがありませんよ。置いておいた物がなくなってたり、閉めておいたはずの襖が開いてたり、それはもう気味が悪くて……」

お宮は、ぶるっと身体を震わせた。

どうやら、お宮からしてみると、直接幽霊を見たことよりも、そうした細かい異変の方が怖いようだ。

「なるほど。ちなみに、お前が見た女の幽霊は、どんな人相だった？」

浮雲がずいっと身を乗り出して訊ねる。

墨で描かれた眼が、よほど怖かったのか、お宮はわずかに身を反《そ》らす。

「どんなと言われましても……」

どうも歯切れが悪い。

「では、訊き方を変えよう。その女の幽霊は、お前の知っている人物だったんじゃねぇのか？」

その言葉を受け、お宮の顔から血の気が引いた。

気怠げに振る舞っていながらも、やはり浮雲は見るところをちゃんと見ている。

幽霊に対して、あまり恐怖を感じていない様子から、その幽霊が知っている人物なのではないかと推し量ったのだろう。

「いや、えっと……」

「お前から訊いたとは誰にも言わない。もちろん、吉左衛門にも。だから、安心しろ」

浮雲がさらに身を乗り出す。

その圧に屈したのか、お宮は諦めたように小さくため息を吐いた。

「はっきり、そうだと分かったわけではありません。でも、よく似ていたんです……。お華に
……」

「お華――」

「ええ」

「どんな女だ？」

浮雲の問いに、お宮は遠くを見るように目を細めた。

「いい娘でしたよ。本当に。肌が白くて、器量良しで、目の下の泣き黒子が、何とも色っぽくてねぇ。それに、吉之助様の面倒をよくみていましたね。根が優しいんでしょうね」

「いつから、この宿で働いていた?」

「一年くらい前からだったと思います。お華は、元々は武家の娘だったらしいんです」

「そんな女が、どうして飯盛旅籠の女中になった?」

「詳しいことは、私も知りません。でも、噂では、お華の兄上が、ろくでもない男だったみたいで、そのとばっちりを食ったって話です。こういうとき、いつも割を食うのは、私ら女です」

お宮が歯を噛み締めるのが分かった。

口には出さないが、お宮が飯盛旅籠で働くようになったのも、類似する何かしらの事情があるのだろう。

「それで、そのお華はどうなった?」

浮雲が重くなった空気を振り払うように、別の問いを投げかけた。

「一ヶ月ほど前ですかね。急に宿からいなくなったんです」

「いなくなった?」

「ええ。ある日、突然、ぷつりと――。たぶん、男と夜逃げでもしたんじゃないかって」

「捜さなかったのか？」

「そりゃ、旦那様は必死に捜しましたよ。お華は人気でしたし、吉之助様も懐いていましたからね。でも、見つかりませんでした」

　お宮は力なく首を左右に振った。

「これまでにも、そうやって逃げ出す女はいたのか？」

「それはたくさんいましたよ。こういう仕事ですからね。逃げ出そうって考えたって、不思議じゃありませんよ」

　お宮が、苦笑いを浮かべる。

「お前が見た幽霊は、そのお華に似ていた——と」

「似てるだけです。たぶん、私の見間違いです。お華は、どっかで幸せにやってます」

　お宮の声は力強かった。

　さっき喋るのを躊躇《ためら》ったのは、吉左衛門に気を遣ったのではなく、お華が生きていると信じたかったからなのだろう。

　もし、自分の見た幽霊がお華だとするなら、もう死んでいるということになる。

　そこには、切実な願いが込められているような気がした。

二

「何だか、付き合わせてしまったみたいで、かたじけない」

才谷が紅屋を出たところで、改めて丁寧に頭を下げた。

歳三のような薬売りに対しても、こうして節度を持った態度をとる武士は珍しい。

「そんな。お止め下さい」

「しかし、色々と手伝ってもらってるわけだ。礼を言うのは当然だろう」

何から調べるか相談した結果、まずは歳三と才谷とで、多摩川の一件を調べ直そうということになり、連れだって宿を出た。

「とんでもない。同じ幽霊を追いかけているわけですから、持ちつ持たれつですよ」

「そう言ってもらえると、幾らか気持ちが楽になる」

才谷が、爽やかな笑みを浮かべて歩き始めた。歳三はその後に続く。

「ところで、歳三たちは京の都に向かう途中だと浮雲から聞いたが、どうして旅を続けているんだ？」

何気ない調子で才谷が訊ねてきた。

「色々と事情がありまして」

「事情？」

「ええ。因縁《いんねん》と言った方がいいかもしれませんね。詳しくは、お話しできませんが、あの男――浮雲は、自らの出自に関わる因縁を断ち切るために、京の都に向かわねばならないのです」

「ほう。飄々《ひょうひょう》と構えてはいるが、色々とあるのだな」

「そうですね」

今、実は浮雲が皇族の血を引く者だと告げたら、才谷は驚くだろうか？

やんごとなき血筋の男と、陰陽師《おんみょうじ》の女の間に生まれたのが浮雲だ。

生まれてはならぬ子。本当なら、その場で殺されるはずだったが、すんでのところで難を逃れた。

それから色々とあり、江戸に流れ着いた。名を捨てたはずの浮雲だったが、運命は浮雲を呪縛で搦め捕った。

浮雲の母の一族である、陰陽師、蘆屋道雪《あしやどうせつ》が浮雲の前に現われたのだ――。

望むと望まざるとにかかわらず、浮雲は大きな時代の流れに取り込まれてしまっている。それを断ち切るために、今京の都に向かっている。

だが、それは歳三の口から語ることではない。

「それで、歳三はどうして京の都に向かうんだ？」

「商いついでに、ついて行っているだけです」

歳三が答えると、才谷がぴたりと足を止め、怪訝な表情をする。

「それは本当か？」

「ええ」

「変わった男だな」

「そうですか？」

「そうだとも。商いついでとはいえ、そこまでするからには、何か特別な理由があるのが普通だ」

「特別なことは何もありません。ただの成り行きですよ」

歳三は、苦笑いを浮かべつつ才谷を追い越した。

これ以上、この話を続けるのは思わしくないと考えたからだ。才谷も、そうした歳三の意図を察したらしく、以降はその話をすることはなかった。

そうこうしているうちに、渡し場に着いた。

夜とは違い、幾艘《いくそう》もの小舟が多摩川を行き来している。その光景は、風流でもある。

「すみません」

桟橋まで歩みを進めた歳三は、次の支度をしている船頭の一人に声をかけた。

歳の頃は、二十代半ばくらいだろうか。笠を目深《まぶか》に被った、がっちりとした体格の男だった。

痛めているのか、腕に包帯を巻いている。

「乗りますか？」

「いや、そうではありません。少し、お話を聞かせてもらいたいと思いましてね」

「話？」

男が怪訝な表情で、僅かに顔を上げた。

「私は、薬の行商人をしている、土方歳三といいます」

男は「太助《たすけ》です」と名乗りつつ、ちらりと才谷に視線を向ける。

言葉に出さずとも、薬屋と武士がどうして一緒にいるのかと不審に思っているのが、ひしひしと伝わってくる。

説明するのも面倒なので、歳三は構わず話を続ける。

「実は、多摩川で起きたというう怪異について、色々と調べているのです」

「怪異……ああ、例の火車がどうしたとかいうあれですか」

「太助さんは、火車を見たことがありますか？」

「あると言えば、あるし、無いと言えばありませんね……」

「どういうことですか？」

「十五日くらい前でしょうか。それっぽいものを見たんです」

「それっぽいとは？」

「夜に、偶々桟橋の近くを通りかかったときに、ぼうっと青白い炎が川の上に浮いていたんです」

太助が、すうっと多摩川の中程を指さす。

「それで」

「しばらく、ゆらゆらと揺れていたんですがね、そのうちふっと消えてしまいました」

「それが火車だった？」

「さあ。どうでしょう。私の見間違いだったかもしれませんし。ただ、先日、土左衛門が上がったとき、船頭仲間の三郎が火車がどうしたというのを話していて、もしかしてと思っただけです」

太助は困ったように眉を下げた。

「そうですか。太助さんは、その土左衛門を見ましたか？」

「ええ。引き揚げるのを手伝ったので、そのときに。それは、酷いもんでしたよ。川に浮かんでいたのに、あんな黒焦げになるんですから、それはもう人の仕業じゃないですね」

太助の声が僅かに上擦っていた。当時のことを思い出し、恐怖に震えているといったところだろう。

何れにせよ、死体の状況をもっと詳しく調べる必要がありそうだ。

「その死体を検分したのは、どなたですか？」

「それなら、本陣近くに住んでいるお医者さんですよ。畠《はた》っていう人です」

すぐ近くだ。立ち寄って話を聞いてみるとしよう。

「それから、もう一つ。三郎という船頭からも、話を聞きたいのですが、どこにいるかご存知ですか？」

「三郎ですか……」

太助は、そう言うと目を伏せた。

「何か不都合が？」

「いいえ。そういうわけじゃないんですけど、三郎はこのところ、姿を見せていないのです」

「どういうことですか？」

「それが分からないんです。病気か何かで倒れているんじゃないかって思って、船頭仲間と一緒に住んでいる長屋に行ってみたんですが、蛻《もぬけ》の殻になっていまして……」

歳三は才谷と顔を見合わせた。

火車を目撃したという三郎が、忽然《こつぜん》と姿を消す。これは、単なる偶然だろうか。それとも、怪異に関連してのことだろうか？

何れにしても、三郎の長屋も見ておいた方がいいだろう。

「三郎さんの長屋の場所を教えて頂けますか？」

歳三が問うと、太助は丁寧に場所を教えてくれた。

「色々とありがとうございました」

「いえいえ」

「して、太助さん。その腕は怪我でもされたのですか？」

歳三が包帯のことを問うと、太助は苦い顔をした。

「仕事で痛めたんです。私は流れ者でしてね。船頭を始めたのは、ほんの一月ほどでして。力仕事には自信があったのですが、勝手が違うので、どうも慣れなくて……」

仕事に早く慣れようと、無理をしたのだろう。

「そうでしたか。よければ、これをお使い下さい。腫《は》れがすぐに引くと思いますよ」

歳三は、笈から塗り薬を取り出し太助に差し出した。

「いや、しかし……お金がありません」

「お代は結構です」

「それでは申し訳が……」

「お気になさらず。どうしてもと仰るなら、船賃の前払いとでも思って下さい」

歳三は、半ば強引に太助に薬を押しつけると、その場を後にした。

「いやあ。歳三はよい男だな」

才谷がしみじみとした調子で言った。

「何がです？」

「あのように、薬を分け与えてやるなど、なかなかできるものではないぞ」

「別に善意で渡したわけではありませんよ」

「何？」

「薬を使ってくれれば、評判にもなります。それに、旅の多い仕事ですから、船頭に取り入っておけば、後々役に立ちます。商売人の下心ですよ」

歳三がそう答えると、才谷は難しい顔をした。

「確かにそうかもしれんが、本当にそれだけか？」

「それだけです」

歳三は、別に照れ隠しで言ったわけではない。

これまでも、そうして生きてきた。笑顔で近付き、他人に恩を売る。もちろん、返せとは言わない。ただ、恩を受けたままではおけないのが、人の心というものだ。それを巧みに利用しているのだ。

阿漕なやり方だと自分でも思う。

「ふむ。歳三は素直ではないな」

才谷がぽつりと言った。

今の話のどこを嘘だと捉えたのか分からない。だからこそ、返す言葉がとんと思い浮かばなかった。

その後、他の船頭たちにも話を聞いてみたが、どれも太助の話と似たり寄ったりで、新しい収穫はなかった。

三

「ここですね――」

歳三は、一軒の家の前で足を止めた。

藤十郎の死体を検分した医者に話を聞くために足を運んだのだ。

「本当にここか？」

才谷が怪訝な表情を浮かべる。

「ええ。そのようです」

歳三は頷きはしたものの、才谷の反応も頷ける。それなりに大きな建物ではあるが、屋根には苔《こけ》が張っているし、建物は傾いでいる。廃墟のような趣だ。

「申し――」

歳三は、声をかけながら戸を開けた。

建て付けが悪いらしく、妙にガタガタと音がする。

建物の中は薄暗く、水を打ったように静まり返っていた。血と薬品が入り混じった臭いが充満している。

「申し」

歳三は、もう一度、声をかけてみたが、やはり反応はなかった。

「留守にしているのか？」

才谷が首を突っ込んで部屋の中を見回す。

「どうやらそのようですね。出直すとしましょう」

戸を閉めて振り返ったところで、歳三は思わず動きを止めた。

すぐ目の前に、一人の男が立っていた。

歳の頃は六十手前くらいだろうか。禿頭《とくとう》で、ひょろりとした長身の男で、左の頰に大きな傷がある。

形状からして、おそらくは刀傷だ。

「何の用だ？」

男は歳三と才谷を交互に睨《ね》め付けるようにして問う。

口ぶりからして、この男が医者の畠のようだ。だが、異様に目が鋭く、医者というより、浪人といった方がしっくりくる。

「畠先生でいらっしゃいますか？」

歳三が問うと、男は「それがどうした」とぶっきらぼうに答える。

愛想の欠片もない男だ。

「私は見ての通り、薬の行商人をしております、土方歳三と申します」

「薬を売りに来たのか？　悪いが薬の仕入れ先は決まっている」

「いえ。薬を売りに来たわけではありません。実は、多摩川で見つかった水死体について、色々とお話を伺いたいと思って足を運んだのです」

「どの水死体だ？」

「真っ黒に焼け焦げた水死体です」

歳三がそう言うと、畠は「あれか……」と小さく呟き視線を逸らした。

いかにも怪しい。

「何かご存じですか？」

「知らん。そもそも、なぜ、そんなことを調べている？」

「船頭たちから、火車の仕業だという話を聞きました。ことの真相を確かめたいと思いまして――」

「火車ねぇ。莫迦なことを」

畠が嘲笑するように、ふっと息を漏らした。

「妖怪の仕業ではないと？」

「さあな。誰の仕業なのかは、おれの知るところじゃねぇ。悪いが、これ以上、話すことは何もねぇ」

口ぶりからして、畠は何かを知っているが、敢えて素知らぬふりをしているようだ。なかなか頑固な男のようだし、追及するのにも骨が折れそうだ。

畠は家の中に入っていこうとしたが、才谷がそれを阻むように立ち塞がった。

「待ってくれ。死んだ藤十郎は、おれの友人だった。妖怪に殺されたなんて話は、どうしても信じられない。おれは、藤十郎を殺したのが誰なのか、突き止めたいんだ」

才谷が力強く言うと、畠は呆れたようにため息を吐く。

「邪魔だ。どけ」

「いいや。知っていることを教えてくれるまで、ここは動かん」

「どうして、そこまで躍起《やっき》になる？」

「藤十郎は本当にいい男だった。これからの日の本を憂い、時代を変えようとしていたんだ。それなのに……」

「何がいい男だ。あいつも、他の連中と同じだ。つまらん思想に取り憑かれた阿呆だ。刀を振り回したところで、時代なんぞ変わらん。とにかく、どいてくれ」

「何か知っているんだろ。頼む。教えてくれ」

「知ってどうする?」

「え?」

「その藤十郎という男を殺したのが誰なのかを知って、その後、どうするつもりだと訊いている」

　咎めるような口調で畠が言う。

「どうするかは決めていない。ただ、おれは本当のことを知りたい」

　才谷が負けじと言い募る。

「知ったところで、死んだ人間が戻って来るわけじゃない」

「それでも知りたいと思うのが、人情だろう」

「下らん。どうせ、敵討ちでもするつもりだろうが。お前ら武士は、そうやって刀を振るうことしか能がない。そのせいで、多くの者が傷付くということを、少しも分かっちゃいない」

「何の話をしている?」

「分かるだろう」

　畠はそう告げると、才谷を押し退けるようにして歩みを進める。

「待て」

　才谷が畠の手を摑んだ。

　と、次の瞬間、才谷の身体が地面に倒れ込んだ。

油断していたとはいえ、才谷ほどの男を、いとも簡単に投げ飛ばしてしまうとは、この畠という医者は只者ではない。

畠は、そのまま家の中に入っていってしまった。

「おい！」

才谷が、すぐ立ち上がり、畠に詰め寄ろうとしたが、歳三はそれを押し留めた。

「今は止めておきましょう。また、折を見て」

さっきのやり取りからして、おそらく畠は武士を相当に毛嫌いしている。いや、憎しみすら抱いているように見える。

顔の刀傷からしても、過去に武士に手痛い目に遭わされたことがあるのかもしれない。

才谷が追及したところで、口を開くとは思えない。頃合いを見計らって、歳三が一人で会いに行った方がいいだろう。

才谷は、たいそう悔しそうにしていたが、「分かった」と渋々ながらも応じてくれた。

「で、これからどうする？」

落ち着いたところで、才谷が訊ねてきた。

「船頭の三郎の家を訪ねてみようと思います」

歳三の提案に、才谷が「そうだな」と応じ、二人で歩みを進めることになった。

「何だか、みっともない姿を見せてしまったな……」

歩き始めるなり、才谷がばつが悪そうに頭をかいた。

「いえ。あれは仕方ありません。不意を突かれたわけですから」

「いや。それにしたって、あんな綺麗に投げられたのは久しぶりだ。あの医者は、只者ではないな。今度会ったときは、手合わせ願いたいものだ」

——真剣で斬り合うのですか？

思わずそう訊きそうになり、慌てて言葉を呑み込んだ。

才谷の口ぶりからして、竹刀で試合をするという意味なのだろう。

龍のような覇気を纏った男だが、少しばかり優し過ぎる。さっきも、投げられながらも、刀を抜こうとはしなかった。

才谷とは、そういう男だ。

「おれの顔に何かついているか？」

才谷が自らの顔に手を当てる。

気付かぬうちに、才谷の顔を凝視《ぎょうし》してしまっていたらしい。「何でもありません」と歳三は苦笑いとともに答えると、逃げるように歩調を速めた。

間もなく、三郎が住んでいるという長屋に辿り着いた。

一番奥の部屋の戸の前に立った歳三は、才谷に目配せをする。頷き返してくるのを待ってから、「申し」と声をかけながら戸を開けた。

部屋の中は、がらんとしていて、人の気配はなかった。

太助から、部屋が蛻の殻になっていると聞いていたが、まさにその通りの状況だった。

「夜逃げでもしたか」

才谷は、部屋を見回しながら言う。

「かもしれませんね……」

歳三は、つぶさに部屋の中を観察しながら答える。

部屋の中に、荷物がそのまま残っている。米や山菜といった食材の類いも置き去りのままだ。

慌てて何かから逃げ出した——といった感じだ。

誰かに追われていたのか？　いや、今それを決めつけるのはよくない。そう見せかけたということも充分に考えられる。

三郎は、藤十郎が舟で燃えるのを目にしている。その証言が発端で、火車の仕業だという噂が出回ったのだ。

三郎が、藤十郎の死に関与していて、真相から目を逸らすために、そうした噂を立てたと考えれば筋が通る。

歳三は、部屋に上がり込んで、さらに検分を続けたが、これといって何かを見つけることはできなかった。

諦めて帰ろうとしたところで、視界の隅で何かが動いた。

はっと目を向ける。

蜘蛛だった——。

黄色と黒の縞模様をした女郎蜘蛛が、部屋の隅を這っていた。

さっきは気付かなかったが、女郎蜘蛛の動き回っている辺りに、藁《わら》の束のようなものが落ちていた。

その藁を指で摘《つ》まみ、臭いを嗅《か》いでみる。これは――。

四

三郎の長屋を出たあと、川沿いにある廃寺に足を運ぶことにした。

今のところ、これといった収穫がない。昨晩襲撃してきた武士たちの素性を摑む手掛かりになれば――と考えてのことだった。

「歳三は、昨晩の連中とは面識がないと言っていたな」

東海道を歩く道すがら、才谷が、考え込むように腕組みをしながら訊ねてきた。

「ええ。全く、覚えがありません」

あの連中が何者なのかは、今に至るも見当がついていない。

昔、バラガキと呼ばれていた頃、手当たり次第に浪人たちに喧嘩をふっかけていた時期がある。そのときの仕返しをしに来たのかもしれない――と考えたのは事実だが、そうした連中であれば、恨み言の一つも言ったはずだ。

あの連中が何者かは分からないが、紅屋に現われた女の幽霊を追って出会《でくわ》したのだから、事件と何かしらの関係があるとみて間違いないだろう。

見つけ出して、事情を問い質《ただ》してみる必要がありそうだ。答えなければ、死なない程度に痛めつければいい。

「何がおかしいのだ」

才谷に言われて、歳三は自分が笑っていることに気付いた。

また、歳三の中に燻る嗜虐性《しぎゃくせい》が顔を出したようだ。

「いえね。あの者たちは、私を誰かと勘違いしたのでしょうが、いったい誰と勘違いしたのかと思いましてね」

歳三は、適当な方便を並べた。

「案外、お前さんを狙っていたのかもしれんぞ」

冗談めかしたのではなく、真顔で才谷が言う。

「山賊ならともかく、武士が薬売り風情を狙う理由などないでしょう」

軽い調子で言ってみたが、才谷は乗ってくるどころか、真剣な表情を崩そうとはしなかった。

「考えられんこともない」

「そうですか？」

「ああ。たとえば、お前さんが特別な薬を持っていて、それを狙ったということもあり得る」

「私が持っているのは、普通の薬ですよ。それに、あのときは笈を背負ってはいませんでしたから」

実際は、幾つか特別に調合した薬を持っているが、わざわざそれを口に出す必要もない。

「そうか。では、歳三が実は幕府の密偵という線はどうだ？」

それを聞き、歳三は思わず噴き出してしまった。

そこまで考えるとは、もの凄い想像力だ。

「密偵はないでしょう」

「いや。そうとも言い切れん。黒船が来航して以来、何かときな臭い事件が起きている。密偵を放つこともあるだろう」

才谷は、自信たっぷりに言う。

確かに昨今の情勢を鑑みれば、不穏な動きがないかを偵察するために、幕府が密偵を放つということもあり得るかもしれない。

だが――。

「面白い考えですが、私は密偵ではありませんよ」

「そうか。歳三のような男は、密偵に向いていると思うぞ」

「私などは、ただの薬売りですから」

「そうやって、隠すところが益々怪しい」

流し目を向けてくる才谷を見て、歳三の中にある血が騒いだ。

「では、もし私が仮に密偵だったとしたら、どうされますか？」

「どうもせん」

「それはどうしてです？」

「昨今、幕府に対する不満が渦巻いているのは確かだ。おれも思うところはある。実は、黒船が来航したとき、おれは品川の警備をやっていたんだ」

「そうだったのですか」

「黒船は凄かった。圧倒されたよ。このままではいかんとも思った。日の本は、変わらなければいかん。今のように、弱腰の対応を続けていれば、あっという間に欧米諸国に呑み込まれてしまう」

「そうかもしれませんね」

「藤十郎とも朝まで、これからの日の本について語り明かしたな……」

才谷は、視線を空に向けた。

感傷に浸っているせいで、完全に話が逸れてしまっている。

「それで――」

歳三が先を促すと、才谷は「おお、そうだった」と咳払《せきばら》いをした。

「つまり、日の本を良くしなければならないとは思うが、幕府の密偵を一人斬ったところで、何も変わらん」

「変わりませんか？」

「変わらんよ。おれは、人斬りになりたいわけではない。さっきの医者も言っていたが、刀を振り回したところで、それは争いを生むだけだ。おれは、世の中を変えたいんだ。日の本を欧米諸国に負けないような強い国にしたい」

世の中を変えるとは、また大きく出たものだ。

だが、絵空事ともいえるはずのその言葉が、才谷が発することで、妙な説得力を持つから不思議だ。

だからこそ、訊いてみたくなった。

「では、どのようにすれば、世の中は変わるとお思いですか？」

歳三が問うと、才谷は一瞬、足を止めて押し黙った。

戸惑っているのかもしれない。それは、歳三も同じだった。

正直、歳三からしてみると、世の中がどうなろうと、知ったことではない。

そもそも、何がいい世の中なのか分からない。誰かにとっていい世の中は、別の誰かにとって悪い世の中だったりするものだ。

昔から、大義名分のもとに戦が繰り広げられてきたが、結局のところ、上の連中の首がすげ替えられるだけで、百姓の生活は少しも変わらない。そういうものだ。

それでも、才谷に訊ねたのは、この男が、どんな世の中を思い描いているのかを知りたくなったからだ。

「まだ分からん」

才谷は、きっぱりと言った。

「分かりませんか？」

「ああ。分からん。それを見極めるための遊学でもあったのだが、そう簡単に見えるものではな

「いな……」

「まあ、そうかもしれませんね」

「どうすればいいかは分からんが、このままではいかんということだけは確かだ」

「いけませんか？」

「ああ。これまでは、日の本だけを見ていれば良かった。だが、これからは、世界に目を向けなければならない時代だ」

「世界――」

「おうよ。世界は広い。これまでの考え方に囚われていては後れを取る」

才谷の言葉は、次第に熱を帯びていく。

これまでも、才谷のように広い視野を持つべきだと熱弁する武士の姿を見てきたが、たいていは、己の思想を押しつけたいだけの輩だった。

だが――才谷は、そうした連中とは少し違う気がした。

それは、今の世の中を単に悲観するのではなく、その先に大いなる希望を見ているからなのかもしれない。

などと考えているうちに、昨晩の廃寺の前に着いた。

こうして明るいうちに改めて見ると、酷い有様だった。

境内にぽつんと建つ本堂の右半分は、焼けて倒壊してしまっていた。残った箇所《かしょ》も、煤け、酷く傷んでいる。

相変わらず、境内には彼岸花が咲き誇っているが、夜に見たときより、色が沈んで見えるから不思議だ。

歳三は、お堂に近付くと、焼け残った扉の前で耳を澄ました。中に人の気配はなかった。

「誰もいませんね」

歳三は、そう言いながら扉を開けた。

本尊などは既に撤去されていて、中はがらんとしている。燃えた影響か、壁や床のあちこちに穴が開いていた。

昨晩は、急に姿を消したように見えたが、半壊した建物ならいくらでも逃げ出すことはできた。いや、そもそも相手は幽霊なのだから、逃げるも何もない。

「中を見てみましょう」

歳三は、お堂の中に足を踏み入れ、中を丹念に見て回る。

奥に掛け軸がかかっているのが目に入った。建物に延焼の跡があるというのに、その掛け軸は少しも煤けていなかった。

あとから持ち込まれたもののように思える。

何より、それは奇妙な絵だった。

一人の女が、背中を向けて立っている。振り返るような姿で描かれる女は、妖艶で美しい。

着物がはだけ、女の背中が半分ほど見えている。

その背中には——巨大な蜘蛛が張り付いていた。女を搦め捕るように伸びた長い足は、黄色と黒の縞模様になっている。

——これは。

「女郎蜘蛛」

歳三は小さく呟く。

「どうした？」

才谷が声をかけてくる。

「いえ。この絵が少し気になりまして」

「確かに凄い絵だな。不気味だ。それなのに、なぜか美しい——」

才谷が顎に手をやり、唸るように言った。

「そうですね」

背中に巨大な蜘蛛を背負った女は、気味が悪いはずなのに、どういうわけか目を奪われてしまう。

歳三は、掛け軸を手に取ると、それを丸めて笈の中に仕舞った。

戻って詳しく調べてみなければ分からないが、この絵には、あの男の影がちらついているような気がする。

歳三が再び笈を背負ったところで、才谷が素速く本堂の出入り口に目を向けた。

「歳三。気付いているか？」

才谷が訊ねてくる。

「はて。何のことでしょう?」

惚けてみせたが、本当は分かっていた。

本堂の外から、誰かがじっとこちらの様子を窺っている。その視線には、強烈な邪気が込められているようだった。

「まったく。いつまで、そうやって鈍いふりをするつもりだ?」

才谷が軽く舌打ちをする。

そんな風に言われて、急に態度を変えるのも何だかきまりが悪い。

「買いかぶりですよ」

「まあいい。それより、どうする?」

才谷が、前を向いたまま訊ねてくる。

「お任せしますよ」

歳三が答えると、才谷はふうっと息を吐くと、「では、行くとするか」と声を上げた。

その顔は、さっきまでとは明らかに違っていた。

五

才谷が真っ直ぐ歩みを進め、本堂の扉を開け放った。

歳三もその後に続く。

境内の真ん中に、一人の武士が立っていた。

蜘蛛の巣のような模様の入った、奇妙な柄の羽織を着ている。猫背で陰鬱《いんうつ》な空気を纏った男だった。表情もどこか虚ろで、見ているようで、何も見ていない――そんな目をしていた。

ただ、それでいて容易に踏み込むことができない、異様な気を放っている。

「何か用か？」

才谷が声をかける。

「昨晩、ここで悶着《もんちゃく》を起こしたのは、お前たちか？」

武士が訊ねてくる。

ぬるっと耳にまとわりつくような声だった。

「そうだ。お前は、あの連中の仲間か？」

「まあ、そんなところだ」

「お前たちは、いったい……」

才谷が喋っている最中、ひゅっと風を切り裂くような音がしたかと思うと、武士が抜刀していた。

「速い」

歳三は思わず唸った。

天然理心流《てんねんりしんりゆう》で、天才と謳われた宗次郎《そうじろう》よりも速いかもしれない。

しかも、抜く素振りが全くなかった。殺気もなく、あのように刀を抜く人間をこれまで見たことがない。

もし、才谷が身を退くのがあと少し遅れていたら、間違いなく首が飛んでいただろう。

才谷は、刀を抜き武士と対峙した。

この武士の異様さを感じているからだろう。その構えからは、龍の如き覇気が漂っている。

「いきなり斬り付けるとは、どういう了見だ？」

才谷が問うと、武士はゆらりと顔を上げた。

「お前らは、おれたちの大義の妨げになると判断した」

武士が暗い目を向けてくる。

人の言葉を喋るのか――などと妙なことを思ってしまった。それほどまでに、この武士の纏う気配は人間離れしていた。

「大義とは何だ？」

才谷が問うと、武士はだらりと刀を下ろした。

無防備に見えるが、どういうわけか、隙が見当たらない。武士の間合いに入れば、忽《たちま》ち斬られると分かる。

まるで、そこら中に蜘蛛の巣を張っているようだ。

気付かぬうちに、この男の糸に絡め捕られていたのかもしれない。

「言う必要はない」

武士がにたっと笑ったかと思うと、才谷に向かって突進しながら、横一文字に斬り付ける。

才谷は、身体を捻りながら、それを弾く。

すぐさま、才谷は体勢を整え、真っ向に斬り付けたが、武士は下がりながら、それを躱す。

二人の距離が再び離れた。

じりっと焼け付くような緊張感が辺りを包み込む。同時に、歳三の中にある黒い炎が燻り始めた。

「まだ話の途中だ」

「斬り合うのに、言葉はいらん」

武士は、舌舐めずりする。

この武士は、大義云々と言っているが、そんなものは口実に過ぎない。金や権威、女でさえどうでもいい。それより、命の取り合いに快楽を覚えている。

ただ、満たされない心を埋めるかのように、命を取り合い、その行為に興奮する。そういう男だ。

同じ思いを持っているからこそ、歳三にもそれが分かってしまう。

「歳三よ。手を出すなよ。久方ぶりに、本気でやり合ってみたくなった」

そう言うなり、才谷の表情に力が入った。

周囲を全て呑み込んでしまうかのような、凄まじいまでの覇気だ。しかし——。

「ここは、一度退いた方がいいです」

歳三はそう才谷に告げる。

今の攻防で分かった。剣の腕だけでいえば、才谷の方が上だ。

だが、勝負を決めるのは、それだけではない。才谷は勝負をしようとしているのに対して、武士の方は命を奪いに来ている。

この違いは大きい。大き過ぎる。ぎりぎりの闘いの中で、優劣を決めるのは、他人の命を奪うことに何の躊躇いも持たない冷酷さだったりする。

「ここまで来て、退くことはできん」

――意地っ張りめ。

歳三が内心で苦々しく呟いているうちに、才谷は武士に向かって斬りかかっていく。

お互いに素早い動きで、切り結ぶ。

その度に、鋼のぶつかり合う甲高い音が響いた。

絶え間なく続く剣戟《けんげき》の応酬は、凄まじいのひと言に尽きる。思わず見惚れるほどに激しく、そして美しい。

心の底が、かっと熱を持つ。

腹の底で何かが蠢く。

その正体は、おそらくは欲なのだろう。自分も、こうやって、誰かと命の取り合いをしたいという欲望。

薬売りなどという仮面に固執《こしつ》している自分が、何だか滑稽《こっけい》に思えてきた。

「いい太刀筋だ。だが、踏み込みが甘い」

才谷が大喝するや、袈裟懸けに斬り付けてきた武士の刀を弾いた。

武士の持っていた刀が、くるくると回転しながら宙を舞い、地面に突き刺さった。

衝撃からか、武士は体勢を崩して片膝を突く。

「勝負あったな」

才谷は、武士の眼前に刀の切っ先を突きつけ、そう宣言した。

——ああ。やはり甘い。

ここは道場ではない。どちらかが死ぬまで、決着はつかないのだ。

案の定、武士はにたっと薄い笑みを浮かべたかと思うと、土を摑んで才谷の顔面に投げつけた。

目潰しを喰らい、後退る才谷の腹に容赦なく蹴りを入れると、地面に突き刺さった刀を摑み、そのまま真っ向に刀を振り下ろす。

——動くしかない！

歳三は素早く駆け寄ると、仕込み刀を抜き放ち、武士と切り結んだ。

武士と視線がぶつかる。

「ほう。お前もおれと同類か」

武士が陰湿な笑みを浮かべながら、切り結んだ刀を力でぐいぐいと押し込んでくる。

「一緒にしないで頂きたい」

歳三は、ぐっと力を込めて武士の刀を押し返した。

武士は後方に飛び退き、一旦距離を取る。

「大丈夫ですか？」

歳三は、すぐに声をかける。

「すまん。よもや、あのような卑怯な手を使うとは……」

才谷の声には怒りが滲んでいた。

命の取り合いにおいて、卑怯もへったくれもない。油断した才谷の方に問題がある。

「こういう輩は、真っ向から相手をするべきではありません」

歳三は、ぴしゃりと言うと武士に向き直った。

こうなってしまったからには致し方ない。薬売りの仮面を脱いで、この武士を葬り去るまでのことだ。

「血が滾《たぎ》ってきた――」

武士が興奮気味に言う。

その目は、さっきまでとは明らかに違う。ぎらついた光を放っている。

確かに、歳三は血に飢えている。が、その欲望に呑まれているわけではない。ところが、目の前の武士は、己の欲に身を任せている。

こういう輩は厄介だ――。

「下がっておれ。やはり、この男はおれがやる」

才谷が立ち上がり、歳三を押し退けた。

卑怯な手を使われたことに怒りを覚えているのだろうが、感情に任せて刀を振るうのは得策ではない。

「才谷さん。あなたでは……」

「才谷？　お前は、才谷というのか？」

武士が訊ねてくる。

「そうだ。才谷梅太郎だ。お主も名を名乗れ」

才谷が告げると、武士は小さくため息を吐いて刀を鞘に納めてしまった。

「おい。どうして刀を納める？」

「お前と斬り合うつもりはない」

武士は、それだけ言い残すと踵《きびす》を返す。

「おい！　待て！　どういうことだ！　説明しろ！」

「そのうちしてやる。あんたとは、また会うことになるだろうからな」

武士は、僅かに振り返りながら言うと、そのまま歩き去って行った――。

才谷が後を追いかけようとしたが、歳三はそれを押し留めた。

色々と引っかかることはあるが、こうも頭に血が上った状態で、深追いするのは危険だ。

「今は少し落ち着きましょう」

「すまぬ。歳三がいなかったら斬られていた。自分の弱さが嫌になる」

才谷の声は悔しさを滲ませていた。

――そうじゃない。

才谷は弱いのではなく、優し過ぎるのだ。それは、鍛錬《たんれん》したところで、どうこうなるものではない。

六

「なるほど。それは、なかなか面倒なことになっていたな」

浮雲が腕組みをして、ふむ――と頷く。

歳三は才谷とともに紅屋の部屋に戻り、廃寺の一件も含めて浮雲に仔細《しさい》に説明することになった。

浮雲の言うように、色々と面倒なことになった。

まさか、あのような形で命を狙われることになるとは、露程《つゆほど》にも思っていなかった。

「梅さんは、その武士に心当たりはないのか？」

浮雲が続けてそう訊ねると、才谷は首を左右に振った。

「名前を聞けば、分かるかもしれんが、名乗りもしなかったからな……」

その声は、これまでのような快活さがなく、どこか沈んでいるようだった。

あの武士に斬られそうになったことが、悔しくて仕方ないのだろう。だが、そう恥じ入ることでもない。

勝負には勝っていた。ただ、容赦なく命を奪う冷酷さがなかっただけだ。

思いはしたが、歳三はそれを口にすることはなかった。才谷に、慢心があったのは事実だ。

「しかし、向こうは梅さんの名を聞いた途端、早々に引き揚げてしまったのだろう？」

浮雲が首を傾げる。

「そう言われても、おれは本当に知らん」

疑われたと感じたのか、才谷がずいっと身を乗り出すようにして訴える。

「まあ、何にしてもその武士は、昨晩の連中とかかわりがあるのは間違いないな」

浮雲が言う。

「ええ。私が思うに、今日の武士は、昨晩の連中の頭なような気がします」

「かもしれんな」

「それと、大義云々と言っていたことが引っかかります」

「大義か——その辺りは、女狐《めぎつね》にでも調べさせるとしよう」

女狐とは、玉藻のことだ。

油断のならない女ではあるが、玉藻が持つ情報は確かだ。意外とあっさり、武士たちの身許が割れるかもしれない。

「それより、畠という医者の件が引っかかるな。歳三の話を聞く限り、何かを隠しているようだしな」

浮雲が尖った顎に手を当てる。

「そうですね。また、改めて足を運んでみることにします」

「頼む。それと、三郎って船頭のことも気にかかる」

「ええ。それについては、三郎の家で妙なものを見つけました」

「何だ？」

「これです」

歳三は、紙で包んで持ってきた藁を浮雲に見せた。

一見すると何の変哲もない。だが、わずかではあるが、黒い染みのようなものが付着している。

臭いで確かめてみたが、おそらく染みの正体は血痕《けっこん》だ。

「なるほど――調べてみる必要はありそうだな」

「ええ」

話が一段落着いたところで、歳三は「それともう一つ――」と改めて話を切り出した。

「廃寺でこのような物を見つけました」

歳三は、廃寺から持ち出した掛け軸を取り出し、畳の上を滑らして浮雲に差し出した。

「何だこれは？」

「廃寺に、これだけ飾ってありました。気になる絵でしたので、持って来たのです」

「嫌な予感がする」

浮雲は、舌打ちをしつつ掛け軸を畳の上に広げた。

「女郎蜘蛛……」

浮雲は、掛け軸に描かれた女の絵を見て呟いた。

こうやって改めて目にすると、その絵が持つ異様なおどろおどろしさが際立っているように見える。

背中に張り付いた女郎蜘蛛の姿は、実に薄気味が悪い。

それでいて、哀しげに振り返る女は、息を呑むほどに美しかった——。

「なぜ、寺にこの絵だけ残されていたのかは分かりません。しかし、筆致からして、あの男の作ではないかと——」

歳三が告げると、浮雲は苛立たしげにがりがりと髪をかき回した。

「これだけじゃ分からん」

本当に分からないのではなく、認めたくないという願望からくる言葉のようだった。

「あの男とは、いったい誰のことだ？　浮雲の知っている者の作なのか？」

事情を知らない才谷が訊ねてくる。

浮雲は、答えたくないらしく、渋い顔をしているだけだ。仕方なく、歳三が説明することになった。

「まだ、はっきりしたことは分かっていませんが、この絵を描いたのは、狩野遊山《かのうゆうざん》という男かもしれません」

「狩野遊山？」

「ええ。狩野遊山は、元は狩野派の絵師だった男です」

「狩野派というのは、御用絵師の狩野派か？」

才谷が、驚いた調子で訊ねてくる。

「ええ」

才谷の言う通り、狩野派は御用絵師を務める、絵師の最大派閥《はばつ》だ。それだけではなく、昨今は政にも関わり、絶大な権力を有している。

「だとしたら、相当な値打ちものではないのか？」

「こんなものは、便所の紙にもならん」

浮雲が吐き捨てるように言う。

あまりの憤慨《ふんがい》ぶりを見て、才谷がどう反応していいのか分からずに困惑している。仕方なく、歳三は仕切り直しをする。

「実は、狩野遊山とは少しばかり因縁がありましてね」

「因縁？」

「ええ。江戸にいた頃、様々な事件で顔を合わせることになりました」

本当は、狩野遊山と出会ったのは、もっと前なのだが、それを語るには、浮雲の素性についても明かさなければならない。

それを避けるために、敢えて江戸という言い回しをした。

「事件というのは、怪異にまつわるものか？」

「そうです。狩野遊山は、今は呪術師のようなことをやっています。私たちは、怪異を解決するために動き、狩野遊山は呪術によって怪異を引き起こす。そうやって、幾度となく対立することになった男です」

「何と。しかし、呪術によって怪異を引き起こすなどできるのか？」

「狩野遊山は、お札経文によって、人を呪うのではありません。人の弱みに付け込み、その心を言葉巧みに操り、破滅へと導いていくのです」

それが、狩野遊山という呪術師のやり方だ。

自らは手を下すことなく、他人の恨み、辛み、憎しみといった負の感情を言葉巧みに操ることで、目当ての人物を亡き者にしてしまう。

江戸での青山《あおやま》家の一件などはいい例だ。

愛する男を殺された女中の復讐心を駆り立て、多くの者が命を落とす大惨事を引き起こしたのだ。

「それは、厄介な男だな」

「ええ」

頷くと同時に、歳三の中に嫌な記憶が蘇った。

狩野遊山は、呪術師として優れているだけではない。剣の腕も滅法強い。人間離れしていると言ってもいい。

歳三は、幾度か剣を交えたが、全くもって刃が立たなかった。しかも、狩野遊山が手加減をしていて、その有様だから目も当てられない。

「しかし、それとこの絵と、どういう関係があるんだ？」

才谷が訊ねてくる。

「狩野遊山は、仕事をするとき、まるで目印のように、事件を暗示する絵を残していくのです」

理由は分からないが、狩野遊山は必ず事件のときに自分の絵を残す。

「それが、この絵かもしれない――と」

才谷が目を見開いて掛け軸の絵を見る。

きっと、最初に見たときと、感じ方が変わったはずだ。

「ええ。もし、この絵が狩野遊山のものだとすると、此度の一件は、相当に厄介なものになるでしょう」

歳三は、そう締め括《くく》った。

七

「それで、そちらは何か分かったのですか？」

仕切り直すように歳三が問うと、浮雲は居住まいを正し、もったいをつけるように盃の酒をぐいっと一口呑んだ。

「あまり多くはないが、幾つか分かったことがある」

「何です？」

「まずは、ここ紅屋の件だ」

浮雲が声を落とす。

この宿の者たちには聞かれたくない内容のようだ。

「何か問題でも？」

「ああ。どうもきな臭い噂が後を絶たない」

「きな臭いとは？」

歳三が身を乗り出すと、才谷も興味津々といった感じで耳を傾ける。

「最近は、めっきり減ったようだが、妙な連中が出入りしていたらしい」

「どんな連中です？」

「そこまでは分からん。だが、夜中に裏口から出入りしていた連中がいたって話だ」

「人目を忍んで、出入りするとは、何とも怪しいな」

才谷が言う。

「ああ。ただ、その件について亭主に問い質してみたが、覚えがないの一点張りだ」

「もしかして、その連中は、亭主の目を盗んで、飯盛女と逢い引きしていたのかもしれんな」

才谷がぽんっと膝を打った。

いかにも才谷らしい考えだが、歳三の頭に浮かんだのは、もっと別のことだった。

「或いは、亭主がシラを切っているか――ですね」

吉左衛門は、隠し事が多い。そうした態度も、怪しい連中とつるんでいて、それを隠そうとしたとなれば、筋が通るような気がする。

「どちらかは分からんが、もう少し探ってみる必要がありそうだ」

浮雲の言葉に、歳三は「そうですね」と頷いた。

「それから、お宮が言っていた、お華という女のことでも、気になることがある」

「行方知れずになったという女ですね」

女中のお宮の話からして、紅屋に現われる女の幽霊は、お華であるかもしれない。

そのお華がどういった女だったのかは、非常に興味をそそられるところだ。

「お華ってのは、噂の通り、元は江戸にある石川《いしかわ》家という武家の娘だったそうだ。縁談も決まっていたんだが、一年ほど前に、お華の兄である恭一郎《きょういちろう》が面倒を起こした」

「面倒とは？」

「人を殺めたんだよ。それも一人じゃない」

「それは物騒ですね」

「恭一郎は、品川の旅籠で武士二人と医者一人を斬り殺したそうだ」

「個人的な恨みでもあったんですか？」

「いや。どうも、内輪揉《も》めの末の事件だったようだ」

「内輪揉め？」

「ああ。恭一郎と殺された男たちは、暁党《あかつきとう》とかいうのに所属していてな」

「暁党――聞いたことがあるぞ」

口を挟んだのは才谷だった。

「どういうものです?」

歳三が訊ねると、才谷は一つ頷いてから話を始めた。

「諸外国に対する幕府の弱腰の対応を憂い、有志が集まり、今後の日の本の未来を語り合うための会だと聞いた」

――なるほど。

昨今、そうした会合が開かれているという話をよく耳にする。

「ただ、あれこれ議論しているだけなら良かったんだがな。どうも仲間割れがあったらしく、その末に恭一郎が旅籠に集まっている三人を襲撃して殺しちまったって話だ」

浮雲が首を左右に振りながら言った。

「それで、恭一郎はどうなったのですか?」

普通に考えれば、そのまま捕まって死罪ということになるだろう。

「逃亡した。そして、川沿いにある廃寺に潜伏していたところを見つかり包囲された。抵抗したのだが、結局斬られたらしい。寺は火を点けられ、死体は燃やされた」

追い詰められた末に、殺されたということか。愚かとしか言い様がないが、得てして武士というのはそういうものだ。

主義主張に酔いしれ、己の意地を通すことに陶酔する。大義だ忠義だと小理屈を捏《こ》ねて、己の身勝手を正当化する。

恭一郎はそれで良かったかもしれないが、お華からしてみれば堪ったものではない。

と、ここで歳三は一つの可能性に思い至った。

「もしかして、恭一郎が死んだ廃寺というのは……」

「ああ。おそらく、お前らが襲われた寺だ」

浮雲が大きく頷いた。

あの焼け跡は、恭一郎の事件のときのものだったというわけだ。

紅屋に現われる女の幽霊がお華だとすると、あの廃寺で姿を消した理由も頷ける。兄の恭一郎に対する恨みを晴らそうと、現世を彷徨い続けているのかもしれない。

「しかし、この短い間によくぞそこまで調べたな」

才谷が感心して、うんうんと頷く。

「大して難しいことじゃねぇよ。情報を集める方法は、いくらでもある」

浮雲が胸を張るなり、すっと襖が開いて玉藻が顔を出した。

「何を偉そうに。話を集めたのは私でしょ」

玉藻が浮雲を流し見る。

薄々感じてはいたが、やはりそうだったか。浮雲は、他人から話を聞き出すのが上手いとはいえない。玉藻に調べさせたということのようだ。

玉藻は吉左衛門とも知り合いだったことからも分かる通り、川崎宿の辺りでも顔が利くようだし、調べを進めるのは容易だっただろう。

「黙れ女狐」

邪険にする浮雲とは対照的に、才谷は「何と美しい」と、玉藻にうっとりとした視線を向ける。そう言えば、才谷と玉藻は、顔を合わせるのは初めてのことだった。歳三が、簡単に玉藻のことを紹介する。

玉藻は、それに応じるように、「以後、お見知りおきを――」と、三つ指を突いて頭を下げる。

「申し遅れました。おれは……」

「存じ上げています。才谷梅太郎様ですよね。今は――」

玉藻は、才谷の言葉を遮るように言うと、赤い紅を引いた唇に笑みを浮かべた。

今は――という部分を殊更《ことさら》強調していることからも、どうやら玉藻は才谷の素性を知っているらしい。

訊ねてみたい気もしたが、本人を前に口にすることではないと呑み込む。

「何しに来やがった。用がねぇなら、さっさと帰れ」

浮雲が、出て行けという風に手で払う。

「何もせずに寝ていただけの癖に、ずいぶんと偉そうね」

「誤解のねぇように言っておくが、おれだって、寝ていただけじゃねぇ」

浮雲がふて腐れたように言う。

「あら。違ったの？　だったら、その証を見せて欲しいものね」

挑発するような物言いだ。

他の女に言われたのであれば聞き流すのだろうが、浮雲は玉藻に言われるとむきになるところがある。

案の定、どんっと金剛杖で畳を突きながら立ち上がった。

「お華の居場所を突き止めた」

浮雲が声高らかに言う。

「しかし、お華はもう死んでいるのではありませんか？」

お華は幽霊となって彷徨っているのだから、居場所も何もないはずだ。

「そんなことは、お前に言われなくても分かっている」

「では……」

「四の五の言わずについて来い」

浮雲は、そう言って部屋を出て行ってしまった。

——本当に勝手な人だ。

歳三は、才谷、玉藻と目を見合わせてから、渋々と浮雲の後について部屋を出た——。

八

その部屋は、闇に包まれていた——。

吉之助が閉じ込められている、座敷牢のある部屋だ。

中にいるのは、歳三と浮雲の二人だけだ。才谷と玉藻は、浮雲の指示で、それっぽい口実を作り、吉左衛門を旅籠から連れ出している。

今は、吉左衛門の許可なく、この部屋に忍び込んでいるというわけだ。

「お華の居場所とは、憑依されている吉之助のことですか？　だとしたら、わざわざ手間暇かけて吉左衛門を連れ出す必要などありませんよ」

除霊のために、吉之助に会いたいと言えば、何の問題もなかったはずだ。

「何も分かってねぇな」

浮雲が、嘲《あざけ》るように言う。

「何も説明されていませんからね。分かりようがありません」

「阿呆の癖に、口だけは達者だな」

「不思議ですね」

「何がだ？」

「他の人に、阿呆と言われても、何とも思わないのですが、あなたに言われると、無性に腹が立ちます」

歳三が言うと、浮雲はちっと舌打ちをした。

そのまま、浮雲は座敷牢の格子戸に歩み寄っていく。

吉之助は眠ったまま動かない。

浮雲は、格子戸の前に跪《ひざまず》き、しばらく吉之助の様子を眺めていたが、やがて「やはりここだな」と小さく呟いた。

——何の話だ？

気にはなったが、特に咎めることはなかった。余計な問いを挟めば、また口論になるだけだ。

「さて——」

浮雲は、そう呟くと懐から鍵を取り出す。

いったいどこで手に入れたのか？　疑問に思ったが、おそらく手癖の悪い浮雲のことだ。こっそりくすねてきたのだろう。

浮雲は鍵を解錠して格子戸を開けると、するっと中に入り込む。

次に手で床に触れ、何かを確かめていく。やがて、「ここか——」と呟くと、吉之助の寝ている布団を、ずずっと部屋の隅に押しやる。

「間違いないな」

吉之助の布団があった場所の床を、掌で何度も押したあとに浮雲が言う。

「何かあったのですか？」

「ああ。手を貸せ」

歳三は「はい」と応じて、座敷牢の中に足を踏み入れた。

吉之助は、相変わらず眠っていて動かない。静かな寝顔で、吉之助に幽霊が憑依していることを忘れてしまいそうになる。

「何をすればいいのですか？」

「この板を引っぺがすのさ」

浮雲は、とんとんと床板を叩いた。

他のところと比べて、その部分だけ、床板に隙間があるように感じられる。

指示されるままに、隙間に指を差し込み、引き上げてみる。釘が打ち付けてあって、かなり固いが、それでも力を入れると木の軋む音とともに、床板が持ち上がった。

「それくらいでいいだろう」

同じ要領で、二枚、三枚と剝《は》がしたところで浮雲が言った。

「床下に何があるのです?」

歳三が問うと、浮雲は「見れば分かるさ」と適当に答え、床下に上半身を突っ込み、がさがさと何かを探し始める。

やがて――。

「あった」

浮雲が床に開いた穴から上半身を出した。

その手には、一尺四方くらいの大きさの木箱があった。

「まさか、吉左衛門のへそくりを頂戴しようというわけじゃありませんよね?」

冗談を言ったわけではない。

浮雲は、昔から手癖が悪い。この隙に乗じて、それくらいのことはやりかねない。

「阿呆が。お前は、おれを何だと思ってるんだ」

「そうですね……酒飲みで、女癖がすこぶる悪い、ケチな盗人――といったところでしょうか」

「人を見る目がねぇな」

「あなたほどではありません」

「まったく。まあいい。おれは、先に部屋に戻るから、この床板を直しておけよ」

浮雲は、そう言うと木箱を持ってさっさと座敷牢を出て行ってしまった。

――本当に勝手な人だ。

色々と言いたいことはあるが、ここをこのままにしておいては、あとで騒ぎになって厄介だ。

歳三は手早く板を嵌め込み、吉之助の布団を元の位置に戻した。

剥がした場所が、ちょうど吉之助の布団の下だったことが幸いした。これなら、一見しただけでは、床板を剥がしたことは分からないだろう。

座敷牢を出て、部屋に戻ろうとした歳三だったが、ふと何者かの視線を感じた。

――誰だ？

視線を走らせると、部屋の襖が少しだけ開いていた。

あそこから誰かが見ている。こちらが気付いたことを察したのか、バタバタと床を鳴らして駆けていく足音が聞こえた。

歳三は、後を追いかけるように襖を開け放つ。

廊下を駆けて行く後ろ姿だけが見えた。あれは、確か女中のお宮だ。偶々、歳三の行動を見てしまったのか？　それとも、ずっと監視していたのか？

判断がつかなかったが、ここで追いかけたところで、知らぬ存ぜぬを押し通されるに違いない。

歳三は、諦めて部屋に向かった。

「遅かったな」

部屋の襖を開けると、片膝を立てた姿勢で座っていた浮雲が、ぶっきらぼうに言った。

後片付けを丸投げしておいて、とんだ言い草だ。腹は立ったが、不毛な言い合いをしても何も始まらない。

「それで。その箱の中には、何が入っているんですか？」

「まだ早い。揃ってからにしよう」

浮雲は、盃に酒を注ぎ、ちびちびと呑み始める。

急かそうという気は起きなかった。これまでのやり取りで、箱の中身はだいたい想像がついている。

しばらく待っていると、才谷と玉藻が戻って来た。

二人で行動している間に、すっかり意気投合したらしく、お互い楽しげに笑い合っている。

こうやって、どんどんと人を巻き込んでいくのが、才谷らしいところでもある。

「で、どうやって吉左衛門を連れ出したんだ？」

浮雲が訊ねると、才谷と玉藻は、顔を見合わせてまた笑った。

「私と梅さんの秘密よ」

玉藻が口の前に人差し指を立てる。

浮雲は機嫌を損ねたようだが、才谷はニヤニヤと頬を緩めている。

「それで、お華さんの居場所は分かったの？」

玉藻がしなやかな動きで座りながら、浮雲に訊ねる。

浮雲は、無言のまま、さっき床下から引っ張り出した木箱をずずっと全員の前に押し出した。

「これは何だ？」

才谷が問う。

「歳三」

浮雲が目配せをしてくる。歳三は、大きく頷いてから木箱の蓋を開けた。

中には、白い破片が納められていた。ところどころ煤が付いている。おそらくは、焼いたあとに砕いた人間の骨であろう。

「これが――お華だ」

浮雲が静かに告げた。

「これは、いったいどこに？」

才谷が驚きの表情を浮かべながら訊ねる。

「吉之助が寝ている座敷牢の床下だ」

「どうして、床下に遺骨があると分かったんだ？」

「最初に、吉之助と会ったとき、床の感触が少しばかり妙だった。だから、あの下に何かあると踏んでいたのさ」

――なるほど。

最初から、あの場所に目をつけていたということのようだ。

そうなると、やはり浮雲は歳三や玉藻に調べを任せて、何もしていなかったということになる。

それを、さも自分が動いていたかのように見せるのだから大したものだ。

何れにせよ、行方知れずになっていたはずのお華の遺骨が、床下から見つかったとなると、何者かに殺されたとみて間違いないだろう。

「さて。問題はこれからどうするか——ですね」

歳三は、ちらりと浮雲に目を向けた。

ここまでの調べで、色々と分かったことはあるが、それ以上に謎が増えたような気もする。

浮雲は、腕組みをしてふむ——と一つ唸ってから顔を上げた。

墨で描かれた眼が、かっと見開いたように見えたが、それはきっと気のせいだ。

「梅さんよ。幾つか訊きたいことがある」

浮雲が才谷に話を向けると、才谷はしゃんと背筋を伸ばし、「どうぞ」と畏《かしこ》まった様子で応じる。

「殺された藤十郎という武士だが、お大師に参拝するために、川崎に来たという話だったな」

「ああ」

「そうしたことは、何度もあったのか？」

「そうだな。月に二度くらいはあった。かなり信心深い男なのだと思った覚えがある」

才谷は、当然のように答えているが、歳三はそこに引っかかりを覚えた。

月に二度も足を運んでいたとなると、単純に参拝だけが目的とは思えない。もっと別の何かがあったような気がする。

浮雲も、そこは引っかかりを覚えたはずだが、特に問い質すようなことはなかった。

「そうか。それと、その藤十郎の剣の腕はどうだった？　梅さんとやったら、どっちが強い？」

「稽古《けいこ》では、五分と五分だった」

「お互い、本気では立ち合っていないのだろう？」

「まあ、そうだな」

才谷が複雑な顔で頷いた。

稽古には真剣に取り組んでいるのだろうが、本気で打ち合うことはそうそうない。それに、真剣を手に命の取り合いをしているときと、稽古とでは全然違う。

才谷も、それを感じたからこその表情なのだろう。

「藤十郎は、人を斬ったことがあるのか？」

浮雲の問いに、才谷の顔が険しくなった。

「詳しく話したことはないが、たぶん、ないだろうな」

「どうして分かる？」

「どうしてか——と問われると困る。ただ、目を見てそう感じた。人を斬ったことのある男は、そういう気配を纏っているものだ」

才谷は、そう答えるとちらりと歳三に目を向けた。

口に出さずとも、何を言おうとしたのかは分かる。「お前は断ったことがあるだろう？」そう問い掛けているのだ。

だが、今この場で、わざわざ答えるようなことでもない。歳三は、眼差しに気付かぬふりをした。

「藤十郎は、梅さんの他に、親しい者はいたか？」

浮雲がさらに問いを重ねる。

「詳しくは聞いていないが、それなりにいたとは思うぞ」

「それとももう一つ。梅さんは、藤十郎から大師参りに誘われたことが、あるんじゃないのか？」

「おお。あるぞ。ただ、そのときは都合がつかなくて断った。それが、何か関係があるのか？」

才谷が問うと、浮雲は「何となくだ」とはぐらかした。だが、実際は違うだろう。浮雲は、こうしたときに意味のない問い掛けをする男ではない。

浮雲は、俯《うつむ》くようにして尖った顎に手を当てる。これまでのことを思考しているのだろう。

この男が、数多の怪異を解決してきたのは、何も幽霊が見えるという特異な体質があるからだけではない。

集まった情報から事件をひもとき、解決に導いてきたのだ。

しばらくじっとしていた浮雲だったが、やがて「うん」と一つ頷きながら顔を上げた。

「駄目だ。もう少し情報が欲しい」

浮雲がきっぱりと言う。

てっきり何かあると思っていたのに、これでは拍子抜けだ。

「もったいつけた割に、情けないですね」

歳三が言うと、浮雲は「うるせぇ！」と苛立たしげに頭をがりがりとかいた。

九

部屋に戻った歳三は、ふうっと息を吐き布団の上に座った——。

今日は、色々とあって流石に疲れた。

急ぎ京の都に向かうはずだったのに、思いがけず川崎で足止めを食うことになってしまった。

まさか、ここまで大きな話になるとは、正直、思ってもみなかった。少しずつ情報は集まってきているが、そのことにより、余計に謎が深まっていっているように感じる。

何れにせよ、明日からまた調べを進めていくしかない。

気を引き締める歳三とは対照的に、壁の向こうからは、どんちゃん騒ぎをする浮雲と才谷の声が聞こえてきた。

どうも、才谷という男は、人の懐に入るのが上手い。

ただ無邪気というより、相手が何を望んでいるのかを察し、するりと潜り込んでくるといった感じだ。

それが証拠に、廃寺で歳三が仕込み刀を抜いたことには、一切触れてこない。

やはり、気持ちのいい男だ。

だからこそ、本気で手合わせしてみたくなる。

どちらかが死ぬまで、思う存分に斬り合うことができたら、どんなに楽しいだろう。などと考えていると、口許に自然と笑みが漏れた。

——これでは、あの武士と同類ではないか。

歳三は、自らの歪んだ欲望を叱咤《しった》して、眠りにつこうとしたが、すっと襖が開き、女中が入って来た。

お宮だった——。

さっき、吉之助の座敷牢で覗き見をしていた。もしかしたら、そのことについて、何か言うために足を運んだのかもしれない。

「何か用ですか？」

歳三が問うと、お宮は丁寧に三つ指を突いて頭を下げた。

「床のお相手をして頂きたく、参りました」

——ああ。そういうことか。

「昨晩の女ではないのか……」

言うつもりではなかったのだが、つい口をついて出てしまった。

「お千代をご所望ということですね。畏まりました。呼んで参ります」

部屋を出て行こうとしたお宮を、慌てて呼び止めた。

「いや。いい」

ここで千代を呼びに行かれたら、それこそ執着しているみたいになってしまう。

「本当に、呼ばなくてよろしいのですか？」

「構いません」

「では——」

お宮はそう言うと、着物を脱ごうと帯に手をかける。

「脱ぐ必要はありません」

歳三が口にすると、お宮は怪訝な表情を浮かべた。

「良いのですか？」

「ええ。それより、少し話をしましょう」

「私には話すようなことは何も——」

お宮は力なく首を左右に振った。

その表情に暗い影が差す。口には出さないが、飯盛旅籠の女中というだけあって、お宮も色々と事情を抱えているのだろう。

ただ、歳三が求めているのは、そうした身の上話ではない。

「先ほど、吉之助の座敷牢を覗いていましたよね。あれは、どういうわけですか？」

歳三が口にすると、お宮はぎょっとした顔をした。

一目散に逃げたので、顔は見られていないと思ったのだろう。しばらく、放心していたお宮だったが、諦めたように口を開いた。

「覗いていたわけではありません。ただ、前を通りかかったときに、あの部屋から物音がしましたので、何だろうと様子を窺っただけです」

お宮は、これまでとうって変わって毅然とした調子で言う。

「そうでしたか」

嘘ではないだろう。そもそも、こそこそと動いていたのは、歳三たちだ。本当なら、お宮の方から問い詰められるべきことだ。

だが——。

「なぜ逃げたのですか？」

歳三が、そう問い掛けると、お宮は視線を畳の上に落とした。

「恐ろしかったからです……」

お宮がぽつりと言った。

「何がです？」

「見てはならぬものを見てしまったのではと……」

お宮の身体が、わずかに震えている。

「何をそんなに恐れているのです？　前にも、同じようなことがあったのですか？」

「いえ。そのようなことは……」

お宮の声が硬く響く。

何かを隠していることは間違い無さそうだ。

「本当のことを教えて下さい」

「私は何も知りません」

「そうは見えません。知っていることがあるなら話しては頂けませんか？」

「あなた様には、分からないかもしれませんが、私たちのような飯盛女は、何があろうと、黙って耐えるしかないのです」

「どういう意味ですか？」

「言葉のままです。私たちは売られた身ですから――」

お宮が肩を落とした。

その目には、僅かに涙が浮かんでいるようだった。売られて飯盛女になったお宮からしてみれば、周囲で何が起ころうと、黙々と仕事をこなすしかない。

才谷などは、日の本の未来について語っていたが、お宮のような女からしてみれば、そんなものはどうでもいいことなのだろう。

お上が諸外国と何をしようと、お宮の生活が変わるわけではないのだ。

ただ、同情ばかりしてもいられない。今は、少しでも情報が欲しい。何か知っていることがあるなら、それを聞き出したい。

「お宮さん。知っていることを教えて下さい。悪いようには致しません。もしかしたら、力になれるかもしれません」

歳三は、そっとお宮の肩に手を置いた。

しばらくじっとしていたお宮だったが、やがてふっと顔を上げた。その目には、薄《うつす》らと涙が浮かんでいる。

口を開きかけたお宮だったが、歳三の背後に何かを見つけたらしく、溢れんばかりに目を見開く。

「く、蜘蛛！」

お宮は、歳三の背後を指さしながら叫ぶ。

振り返ると、そこには確かに蜘蛛がいた。天井から垂れた糸に、一匹の女郎蜘蛛がぶら下がっている。

たかが蜘蛛一匹で、大騒ぎをし過ぎだと思いつつ、歳三は手で女郎蜘蛛を払った。

それで少しは落ち着くかと思ったが、お宮はより一層、怯えた顔になっていた。

「わ、私は、何も知りません！」

お宮は、早口に言うと、そそくさと部屋を出て行ってしまった。

こうなると、追いかけたところで、何も喋ってはくれないだろう。歳三は、諦めてため息を吐く。

ふと目をやると、さっきの女郎蜘蛛が畳の上を這っていた。

十

翌日の朝早くから、歳三は吉左衛門の部屋を訪れた――。

一人ではない。玉藻も一緒だ。浮雲と才谷は各々、調べを進めているはずだ。

最初は、歳三と才谷が一緒という話だったが、適当な理由をつけて、歳三がそれを避けた。

別に才谷が嫌いというわけではない。ただ、一緒にいると、どうにも調子が狂う。意のままに振る舞えないことに、居心地の悪さを感じたからだ。

「それで、お話というのは何でしょう」

吉左衛門が笑みを浮かべながら言う。

どうも、この男は白々しい。幽霊の一件であることは、察しがついているはずなのに、あくまで惚けてみせる。

「この宿に出る幽霊のことです」

歳三が告げると、吉左衛門は「ああ。そのことですか」と膝を打った。

「それで、女の幽霊について、何か分かったでしょうか？」

吉左衛門は、ずいっと身を乗り出しながら訊ねてくる。

さて、どこまで話すべきか――迷いが生まれた。

吉之助の座敷牢から、お華の遺骨が発見されたことを追及しようかとも思ったが、それをしたところで、この狸《たぬき》は知らぬ存ぜぬを決め込み、必要なことを喋らなくなるだろう。

「お華という女中は、知っていますか？」

歳三は、慎重に言葉を選びながら訊ねる。

「お華？」

吉左衛門が首を傾げてみせる。

つまらぬ芝居だ。自分の宿で働いていた女中のことを、知らないはずがない。そういう態度が、余計にあざとく見える。

玉藻も同じことを感じたらしく、隣で苦笑していた。

「ご存じないですか。元は武家の娘だったのですが、故あって紅屋で働いていた女です。器量良しで、評判の女だったようですよ——」

玉藻が吉左衛門に流し目を向ける。

こちらが、万事知っていることを匂わせて、吉左衛門の逃げ道を塞いでいる。実に上手いやり口だ。

「ああ。あのお華ですか。なにぶん、出入りが激しいもので……」

吉左衛門の返答は、言い訳じみていた。

「実は、紅屋で起きている怪異には、お華が関係しているかもしれません」

歳三が言うと、吉左衛門は押し黙った。

その間に、女中が部屋にお茶を運んで来た。

千代だった。

一瞬だけ目が合うが、それだけだった。お互いに、言葉を交わすことはない。惚れたはれたではない。千代は務めとして身体を交えただけのことだ。

「気分でも悪いのですか？」

千代が出て行ったのを見計らって、歳三は吉左衛門に声をかける。

「いえ。そういうわけではありません。何というか。そうですか……お華でしたか」

吉左衛門は、すっと視線を上げた。

「何か思い当たることでも？」

「正直、お華の名が出たとき、ひやりと致しました。しかし、こうなっては、お話ししないわけにはいきませんな」

吉左衛門は、ふうっと息を吐きながら一度頭を垂れた。これ以上、隠し事はできないと観念したのか、それとも真実を話すふりをして、新たな嘘を並べるつもりか？

「どんな話ですか？」

「実は、お華には恋仲になった男がいました」

「どういう男です？」

「私も詳しくは知りません。たぶん、どこぞの商人だったような気がします。まあ、稼ぎが少ないので、身請《みう》けすることもできず、隠れて逢瀬《おうせ》を重ねていたようです」

「それで？」

「ある日、うちに足繁《あししげ》く通っているお侍様が、お華を身請けしたいと言ってきたのです」

「それで?」

「身請けされるなら、それに越したことはないと、私は早々に話を纏めようとしたのですが、お華は嫌だったようです」

「で――逃げたと?」

「はい。話が纏まりかけたとき、お華が急にいなくなってしまったんです。いくら捜しても見つからなくて、おそらく恋仲になった男と駆け落ちしたのだろうと諦めていたところです」

吉左衛門ががくりと肩を落とした。

悲しみに暮れているようだが、どうにも芝居臭い。

お華の遺骨は、吉之助がいる座敷牢の床下から見つかっているのだ。死んでいることを知らなかったという言い訳には、無理があり過ぎる。

もう少し揺さぶりをかけてみようかと思ったところで、玉藻が口を開いた。

「そうでしたか。私はてっきり、吉左衛門さんがお華を殺したのかと思っていたのですが、違いますか?」

玉藻が鋭い視線を吉左衛門に向ける。

「そ、そんな。止めて下さい。私は大師様に誓って、何もしておりません」

吉左衛門が懇願するような目を向けてくる。

「そうですか。では、お華を身請けしようとしたお侍様のお名前を、教えて頂けますか?」

「それは……」

吉左衛門の額に、ぶわっと玉のような汗が浮かぶ。

「どうしました？」

「も、申し訳ありませんが、お教えすることはできません」

「どうしてです？」

「本当に、言えないのです。ただ、今の話は本当です。信じて下さい」

早口に言って、吉左衛門が深々と頭を下げる。

「分かりました。信じます」

玉藻が、すっと吉左衛門の手を取る。

平素であれば、鼻の下を伸ばしたかもしれないが、今の吉左衛門は引き攣った顔で「もちろんでございます」と応じた。

「色々とありがとうございます」

歳三は礼を言ってから、玉藻と一緒に部屋を辞去した。

「さっきの話、歳三さんはどう見るの？」

玉藻が流し目で歳三を見る。

「吉左衛門は狸ですね。ただ、少しばかり間抜けが過ぎるかと――」

「そうね」

玉藻が笑みを浮かべながら頷いた。おそらく、同じ思いを抱いていたのだろう。

あの反応からして、吉左衛門はお華が死んでいることを知っていた。それを知られると都合が悪いと考え、身請けだ駆け落ちだという話をでっち上げたのだ。

「それで、これからどうします？」

「そうね。この先は別行動にしましょう。お互いに、引っかかることもあるでしょうから、各々調べた方がいいでしょ」

玉藻が微かに笑みを浮かべながら言う。

「そうですね。そうしましょう」

浮雲からは、一緒に行動するように言われていたが、別にそれを守る必要はない。

歳三は、そう告げて立ち去ろうとしたが、玉藻に呼び止められた。

「何でしょう？」

「お茶を持ってきた女中——」

「あの女中が、どうかしましたか？」

歳三は、一瞬だけひやりとしつつ、何喰わぬ顔で玉藻に問う。

「素朴に見えるけど、ああいう女は危ないわ」

玉藻の眼光が一際鋭くなった。

「どう危ないのですか？」

「可憐で、それでいて儚い美しさを持っている。ああいう女を見ると、男はどうしたって守ってやりたくなる。違うかしら？」

嫌な問い掛け方だ。

「どうでしょう。私には何とも……」

「そうね。あなたのような冷たい男には、関係のないことだったわね――」

玉藻はそう言い残すと、音もなく姿を消した。

どうして玉藻は、急に千代の話を持ち出したのだろう。疑問はあったが、問い質すことなどできなかった。

勘の鋭い玉藻のことだ。千代が歳三の夜の相手をしたことくらい、簡単に見抜いているのだろう。

だからこそ、今のような問いを投げかけてきたのだ。

十一

歳三は、改めて三郎の住んでいた長屋に足を運んだ――。

昨日と同じで、部屋は蛻の殻だったが、落胆はない。今日は、隣近所に話を聞いてみようと足を運んだのだ。

隣の部屋を訪ねると、幸いにして在宅だった。利兵衛《りへえ》という名の宮大工《みやだいく》の男だった。

「三郎さんね。そういえば、とんと姿を見ないね」

「そうですか。いつ頃からいなくなったかは、ご存じですか？」

「はっきりとは覚えてないね」

「いなくなる前、おかしな様子とかはありませんでしたか？」

「おかしな様子ねぇ……」

利兵衛は、ふっと何かを思い出したらしく、「そういえば」と語り始めた。

「実は、三郎さんに少しばかり金を貸していたんだが、いなくなる前に、急に返す当てができたとか言い出したんですよ」

「理由を言っていましたか？」

「詳しいことは……ただ、金づるを見つけたみたいなことは、言ってましたね。何だかきな臭かったし、どうせ返済を先延ばしにするための方便だろうって、あまり当てにはしていませんでしたけどね」

利兵衛は、そこから延々と三郎の愚痴《ぐち》をこぼした。

それによると、三郎は相当にずぼらな男だったらしい。そのせいで、周囲に度々迷惑をかけていた。利兵衛は、幾度となくその尻拭いをしていたという。

「そうですか。色々とありがとうございました」

歳三は、ひとしきり利兵衛の愚痴を聞いたあと、礼を言って長屋を離れた。

次に、歳三は長屋の大家の許を訪れた。

大家の正次郎《しょうじろう》は、いかにも好々爺《こうこうや》といった感じだった。三郎について話を聞くと、だいぶ店賃《たなちん》を溜め込んでいたことを話してくれた。

「本当は、追い出そうかとも思ったんですがね。三郎たち船頭がいないと、多摩川を渡れませんし、まあ、大目に見ていたんですよ」

そう言って、正次郎は目を細めた。

「店賃を払うといった話は、していましたか？」

「そういえば、何日か前にまとめて払うようなことを言っていたんですが、三郎は、そういう誤魔化しはしょっちゅうでしたからね」

「信じてはいなかったんですね」

「ええ。現に、今も払われてませんから」

「三郎さんが長屋からいなくなっているようなのですが、ご存じですか？」

「そうらしいですね。まあ、そのうちふらっと帰って来るでしょう」

正次郎は、三郎がいなくなったことを、あまり深刻に捉えていないようだった。大人の男が数日家に帰らないなんて、別に珍しいことではない。

「三郎さんですが、ここ最近、何か変わったことはありませんでしたか？」

歳三が訊ねると、正次郎は少し考える素振りを見せたあと、何かを思い出したのか、ぽんっと手を打った。

「そう言えば、火車がどうしたとか、騒いでいましたな」

「武士が燃えるのを見た――というあの話ですか？」

「いや。見たんじゃなくて、火車の正体が分かった――というようなことを言ってましたな。だから、金も入るんだと。意味が分からんでしょ」

歳三は、正次郎の言葉に「そうですね」などと頷いてみたが、頭の中では別のことを考えていた。

正次郎の許を辞去して、川沿いの道に出たところで、人だかりができているのを見つけた。何かあったらしい。歳三は、人混みをかき分けて川の袂《たもと》まで歩みを進める。

彼岸花がぽつぽつと咲いている河原には、茣蓙《ござ》のかけられた物体が横たわっていた。おそらく、土左衛門が上がったといったところだろう。

人混みの中に知っている顔を見つけた。昨日、話を聞いた船頭の太助だ。

「何があったんですか？」

歳三が声をかけると、太助の方も気付いたようだ。

「釣りをしに来た、与一《よいち》ってやつが土左衛門を見つけたそうなんです」

「土左衛門が、誰かは分かっているんですか？」

「三郎のようです」

太助が小さく首を横に振る。

「三郎とは、船頭の三郎さんですか？」

歳三が聞き返すと、太助は「そうだ」と答えた。

「真っ黒になってるから、最初は誰だか分からなかったんですが、見覚えのある数珠を持っていたんです。あれは、三郎が肌身離さず持っていたものです」

太助が口惜しそうに顔を歪めながら言う。

「真っ黒というのは、どういうことですか？」

「三郎の身体が、燃えて真っ黒になっていたんです。きっと火車の仕業に違いありません。半信半疑でしたが、三郎の言っていたことは本当だったんです……」

太助が震える声で言った。

行方知れずになっていた三郎が、藤十郎と同じように真っ黒に焦げた水死体として、川で発見された——。

歳三は、信じられない思いを抱えながらも、横たわっている土左衛門の前まで歩みを進めた。

「ちょっと失礼します」

歳三は、そう言いながら莫蓙を捲ってみた。

死体はびしょびしょに濡《ぬ》れている。

それなのに——。

どういうわけか、その身体は真っ黒に焦げていた。

皮膚が爛れるだけでなく、肉が焼けて黒くなっている。水の中では、こんな風に人間の身体を燃やすことはできない。

三郎の右手には、何かが握られていた。

数珠だった。

太助は、この数珠を持っていることから、死んだのは三郎だと思い込んでいるようだが、今それを決めつけてしまうのは危険だ。

身体がこれほど燃えているのに、数珠だけ焼け残っているというのは、不自然としか言い様がない。

三郎が自分を死んだと思わせるために、別の誰かを殺して、形見の数珠を握らせたとも考えられる。

「火車だ！　やっぱり火車に違いねぇ！」

野次馬の一人が、怯えた声で叫んだ。

それに呼応するように、あちこちから「やだねぇ」とか「恐ろしい」といった声が上がった。

「莫迦なことを言ってるんじゃない。火車なんざいるものか」

一際大きな声が上がった。

見ると、そこには医者の畠が立っていた。

「でも、こんな風に燃えているなんて、どう考えたっておかしいじゃねぇか」

野次馬の一人が、畠に突っかかるようにして言う。

だが、畠はそれを黙殺して、土左衛門に近付いてくる。途中、一瞬だけ歳三と目が合った。

黙礼してみたが、完全に無視されてしまった。

屈み込んで死体を検分していた畠だったが、しばらくしてゆっくりと立ち上がった。

「詳しく調べる。誰か、こいつを運んでくれ」

畠が声をかけると、数人の男が土左衛門を運ぶために集まって来た。歳三も、さり気なくその一団に加わることにした。

荷車に土左衛門を乗せ、畠の家まで運んだあと、畠に指示された場所に寝かせた。ここでお役御免となり、男たちは去っていったが、歳三はその場に残った。

「もう用は済んだ。帰れ」

畠が歳三を一瞥して鋭く言ったが、それに素直に応じるつもりはなかった。

「少し、話を聞かせて頂けませんか?」

歳三が言うと、畠は苦い顔をした。

「お前らは、いったい何を嗅ぎ回っている?」

「火車です」

歳三が言うと、畠はふんっと鼻を鳴らして笑った。

「そんなもん、いるわけねぇだろ」

「分かっています。私は、妖怪の類いは信用しない質《たち》ですから」

「だったら……」

「先日の藤十郎さんも、この三郎さんも、火車に見せかけた人殺しだと私は思っています。できれば、その下手人を捕らえたいのです」

「………」

「お力添え頂けませんか?」

歳三が問うと、畠は「しつこい男だ」と嘆息した――。

十二

「何が知りたい？」

畠がじっと歳三を睨みながら訊ねてくる。

知りたいことはたくさんあるが、せっかくこうやって話をする気になってくれたのだから、慎重に言葉を選ぶ必要がある。

「藤十郎さんの死体についてです。あれは、やはり火車の仕業ですか？」

歳三が問うと、畠は苦い顔をした。

「何を言ってやがる。さっき、妖怪の類いを信じないと言ったのは、お前自身だろうが」

「それはそうですが、あなた自身がどう考えているかを聞いておきたかったんです」

「言わずもがなだ。あいつは、人に斬り殺されたんだよ」

「斬り殺された？　焼かれたのでは？」

それでは、あまりに死体の状況が違い過ぎる。

「黒焦げになっているせいで、分かり難くはなっているが、身体にはしっかりと刀傷が付いていた。間違いなく、斬られてから燃やされたんだよ」

「そうだったんですか……」

「藤十郎だけじゃない。この男もそうだ。左の胸に刺し傷がある」

畠は死体の胸の部分を指でさし示す。

改めて死体に目を向けると、確かにそこには傷跡が確認できる。肋骨《ろっこつ》を避けるように、刃物を横にして刺したのだろう。

形状からして、こちらは刀傷というより、もう少し小さい小刀のようなもので刺されているようだ。

「つまり、殺されたあとに燃やされ、そして川に投げ捨てられた――ということですか？」

「そう考えるのが妥当だな」

なるほど――と納得すると同時に、引っかかりを覚えた。

そうなると、舟の上で燃えたという三郎の話と辻褄が合わなくなる。三郎が嘘を吐いていたのか？　もしそうだとすると、いったい何のために？

疑問を抱えながら、歳三は黒焦げになった死体に再び目を向けた。

やはり、この死体は三郎ではないのかもしれない。数珠だけでそうだと断じてしまうのは、あまりに早計だ。

「今の話は、同心には伝えてあるのですか？」

こうした死体が上がったとき、調べを進めるのが同心の仕事のはずだが、その姿を未だに見ていない。

「ああ。ちゃんと話してある。だが、調べを進めているかどうかは、怪しいな」

「どういうことです？」

「同心の連中は、ろくすっぽ役目も果たさないぼんくら共だ。死体が上がったことは、とっくに伝わってるはずなのに、足を運びもしねぇ。端から調べる気なんざねぇんだよ」

どこにでも、そうした不真面目な輩はいる。

現場に足を運ぶことなく、畠に任せきりにしているというのが実情のようだ。そうした対応だったからこそ、此度の一件は、人殺しではなく、怪異の仕業だという妙な噂の方が広まってしまったのだろう。

「さ、もういいだろ。帰ってくれ」

畠が出て行けという風に手で払ったが、歳三はそれに応じなかった。

まだ聞きたいことがあったからだ。

「頬にあるのは、刀傷ですよね」

歳三が口にすると、畠はそっとその傷を指で撫でた。

「だったらどうした。お前さんには、関係のないことだ」

「畠さんは、武士がお嫌いのようですが、その傷と何か因果が？」

「お前には関係ないと言っているんだ」

畠は強い口調で拒絶の意思を示したが、歳三は構わず話を続ける。

「昨日、お会いしたとき、あなたは武士を投げ飛ばした。あそこまでするからには、何か特別な理由があるのではありませんか？」

「それを知って、どうする？」

「どうもしません。ただ、知りたいのです」

「妙な男だ」

「よく言われます」

歳三が答えると、畠は呆れたように首を左右に振り、その場に腰を下ろした。

「おれが武士を嫌っているのは、この傷のせいだけじゃねぇ。あいつらは、息子を奪ったのさ……」

畠が静かに語り出した。

「息子さんを？」

「ああ。息子も莫迦だった。大人しく、医者を目指せばいいものを、大義がどうしたと能書き垂れる武士にそそのかされて、妙な集まりに参加するようになった。何か主義主張があるなら、話し合いをすればいい。なのに、奴らは暗殺だ何だと、すぐに刀を振るう。そんなことをして、いったい誰が救われる？」

「救われませんね」

医者の畠からしてみれば、どんな理由があれ、人を斬るということが、許せないのだろう。

「なのに、あいつには――喜八《きはち》には、それが分からなかったんだ。この国を変える必要があるとか、妙なことを息巻いてな……」

「喜八さんなりに、考えた結果ではないのですか？」

「その結果、死んじまっちゃ意味がねぇ」

「死んだ？」

「ああ。仲間内のいざこざに巻き込まれて、斬られちまったんだよ……」

「酷いですね」

「まったくだ。息子の女房の蘭《らん》は、正気を失っちまってな。夫を返せって、その何とかって連中の許に乗り込んで行ったんだよ」

「それは無謀です」

そんなことを言って、聞き入れられるはずがない。

「おれは、慌てて止めに行った。だが、そのときには蘭はもう……。助けに入ったおれも、この様さ――」

畠が頰の傷をそっと撫でた。

その顔はどこか空虚だった。畠が抱えているのは憎しみというより、大切なものを失った哀しみなのだろう。

「辛いことを話させてしまいました。すみません……」

歳三が詫《わ》びると、畠はすっと立ち上がった。

「別にいいさ。誰にも話せず、悶々《もんもん》としていたところもあるからな」

そう言った畠の顔は、どこか険が取れたように見えた。心に乗っていた重しが取れたのかもしれない。

「まあ、そんなこんなで、昨日の武士が時代を変えるだなんだと言い出したもんだから、ついカッとなっちまった。お前さんから謝っておいてくれ」

畠が苦笑いを浮かべる。

「分かりました。伝えておきます」

「すまねぇな」

歳三は礼を言って立ち去る素振りを見せたあと、改めて畠に向き直った。

「もう一つだけ、お訊きしてもよろしいですか？」

急に思い出したかのような素振りで口にしたが、実はこちらが本命だ。

「何だ？」

「畠さんは、以前から藤十郎さんを知っていたのですよね？」

「どうしてそう思う？」

畠が怪訝な顔で聞き返してきた。

「昨日、あなたは藤十郎さんのことを、つまらん思想に取り憑かれた阿呆だ——と言っていました。あの口ぶりから察するに、以前から藤十郎さんのことを知っていたのではないかと」

歳三が言うと、畠は舌打ちを返してきた。

「細かいところまで、よく覚えていやがる」

「性分です」

「ああ。知っていた」

「どうして知っていたのですか？」

「藤十郎は、喜八とつるんでいた武士の一人だった」

「暁党ですか――」

「そこまで知ってんのか」

「ええ。喜八さんが殺されたのは、品川の旅籠での一件ですね？」

歳三が問うと、畠がため息交じりに「そうだ」と答えた。

これで繋がった。あの事件のときに、殺された医者というのが、畠の息子の喜八だったというわけだ。

「下手人は、石川恭一郎という武士だったそうですね」

「そうらしいな」

「石川恭一郎を恨んでいますか？」

歳三が問うと、畠は遠くを見るように目を細めた。

「復讐に取り憑かれて、自分を見失っちまったら、それはもはや人じゃねぇ――」

「どういうことですか？」

訊ねてみたが、畠は何も答えようとはしなかった。

歳三がさらに問いを投げかけようとしたところで、戸が開き一人の男が入って来た。

身なりからして、この男が同心なのだろう。

その顔に見覚えがあったが、歳三は敢えて気付かぬふりをした。

「田沼《たぬま》か。相変わらずのおっとり刀だな」

畠がぼやくように言う。

「この男は？」

田沼と呼ばれた同心は、猜疑心《さいぎしん》に満ちた視線を歳三に向けてくる。見慣れない薬屋がいることで、不審感を抱いているようだ。

詮索されたり、妙な誤解を招くのは厄介だ。

「では私はこれで。是非、うちの薬もご検討下さい」

歳三は商い用の笑みを浮かべつつ、そそくさとその場を後にした。

十三

気付けば日が暮れ始めていた――。

このまま旅籠に戻って、浮雲たちと合流してもいいのだが、その前にもう一つだけ確認しておきたいことがあった。

歳三が目指したのは、多摩川沿いにある廃寺だ。

改めて、あの場所に足を運ぶことで、色々と分かることもあるかもしれない。

「おや。奇遇ですね」

小さな茶屋の前に差し掛かったところで、声をかけられた。

涼やかな響きを持った声。だが、その奥に陰湿な闇を感じる。

見ると、茶屋のすぐ脇に、ぼろぼろの法衣を纏った虚無僧が立っているのが見えた。

深編笠を被っていて、その顔は見えないが、隠しようのない禍々しい空気が溢れ出ている。

「狩野遊山――」

歳三は、足を止めて口にする。

元狩野派の絵師にして、人の弱みにつけこみ、その心を操り破滅へと導く呪術師――。

狩野遊山は、ゆっくりとこちらに顔を向けた。深編笠のせいで、相変わらず顔は見えないが、それでも不思議と冷たい笑みを浮かべているのが分かった。

「まさか、こんなところで、あなたにお会いできるとは、思いもよりませんでしたよ」

狩野遊山が楽しげに言った。

白々しいにも程がある。もし、本当に偶然なら、決して声はかけないだろう。そういう男だ。

「偶然ではないでしょう」

歳三は、持っていた杖をぎゅっと握る。

場合によっては、ここで斬り合うことになるかもしれない。狩野遊山相手に、仕込み刀では、あまりに心許《こころもと》ないが、何もないよりはいくらかましだ。

「はて、何のことでしょう。私は、偶々あなたの姿をお見かけして、声をかけたまでです」

「惚けても無駄ですよ。絵を見ましたから。此度の一件は、あなたの謀《はかりごと》ですか？」

この場所に、狩野遊山がいるということは、やはり廃寺に残されていた女郎蜘蛛の絵は、この男が描いたものに違いない。

おそらく、紅屋の客間にあった河川敷の絵もそうだろう。

狩野遊山が絵を残すということは、即ち、何かしらの呪いをかけているということでもある。

「まさか。私は例の如く何もしていませんよ」

「信じられませんね」

歳三が言うと、狩野遊山はゆっくりと深編笠を外した。

ぼろを着ている癖に、顔は少しも汚れていない。白く透き通った肌をした優男だ。放たれる禍々しい気と、まるで対照的な風貌は、いつ見ても違和感がある。

「疑り深いお人ですね」

「そうやって生きてきましたから」

「あなたらしい」

「どうして、わざわざ私の前に現われたのです？」

それが一番の疑問だ。

狩野遊山が、何の目的もなく歳三の前に姿を現わすはずがない。何か意味があってのことに違いない。

「理由など、わざわざ喋るまでもなく分かっているでしょう？」

「分かりませんね」

「意外と鈍いお方なのですね。それとも、あの男と一緒にいるせいで、その目が曇りましたか？」

挑発的なもの言いだが、それに乗せられてはいけない。

こうして、相手の気持ちを揺らし、自分の意のままに操るのがこの男の手管なのだ。

「目が曇っているのは、あなたの方ではありませんか？」

「いいえ。私にははっきりと見えていますよ。あなたが辿るであろう運命とか――」

「ほう。どんな運命が見えているのですか？」

「そうですね――あなたは、やがて血に飢えた狼となるでしょう。ただ、人を斬るだけの獣です」

狩野遊山が赤い舌で、自らの唇をゆっくりと舐めた。

「私が人を斬ると？」

「ええ。別に驚くようなことではないでしょう。これまで、幾度となく人を殺めてきたでしょうに」

「…………」

確かに、人を殺めたことはある。それも、一人や二人ではない。既に、血に塗れた手なのだ。

今は、人の仮面を被って、それを覆い隠しているに過ぎない。

「惜しいのですよ」

「何がです？」

「今のままなら、あなたは狂気に満ちた殺人者にしかなり得ません。しかしながら、そこに大義を与えるとどうなります？」

「どうなるのです？」

「英雄になるのですよ」

狩野遊山の言う通りなのだろう。

単に人を斬れば、ただの人殺しに過ぎない。しかし、そこに政に絡むような大義名分を与えてやれば、それだけで一部からは賞賛されることになる。

やっていることは同じ人殺しなのに、周囲の見る目が変わるだけでなく、己の罪の意識まで消し去ってしまう。

「どうです。あなたさえその気になれば、私が与えてもいいのですよ。人を殺す理由を――」

「そうやって、人を斬り殺せと？」

「殺したいでしょ。あなたの目は、血に飢えていますから――」

狩野遊山の双眸は、凍てつくように冷たかった。

これまでも、この男はこんな風にして、人の心をたぶらかしてきたのかと蔑む気持ちがある反面、腹の底ではぐつぐつと何かが煮えているような熱を感じた。

「残念ですが、私は人を殺したいわけではありません」

歳三はきっぱりと言った。

狩野遊山は大きな勘違いをしている。歳三の中に眠る衝動は、単に人の命を奪いたいという欲望ではない。

怯え、逃げ惑う者を斬り殺したところで、何の感慨も湧かない。

そういうことではない。

歳三が求めているのは、ひりひりとした緊張の中でのぎりぎりの命のやり取りだ。

才谷のように腕の立つ男と、神経をすり減らすような緊張の中で、刀を交えて命を賭して決着をつける。

そうした瞬間の連続こそが、歳三の求めるものだ。

「そうですか。では、今日のところは退きましょう」

歳三は、そのまま立ち去ろうとする狩野遊山を呼び止めた。

「結局、何のために私の前に現われたのですか？」

「そうでしたね。話が逸れてしまい、失念しておりました。私は、ただ忠告をしに来ただけです」

「忠告？」

「ええ。あなたたちの動き次第で、今後の日の本の命運が決まるやもしれません」

狩野遊山の顔が、すっと冷たくなった気がする。

「そんな大それたことをしているつもりはありませんよ」

「存じています。あなたたちには、そのつもりはないのでしょう。しかし、あなたたちがかかわっていることは、そういうことなのです」

「意味が分かりませんな」

「あの男なら、きっと分かるかと思います」

「浮雲――」

「ええ。考えのないままにかかわっているなら、早々に手を引くように伝えて下さい」

「それで、手を引く男だと思うか？」

歳三が口にすると、狩野遊山はにたっと笑った。

言葉では、手を引けと言いながら、心の内では、かかわることを望んでいるように歳三には見えた。

「そうですね。しかし、何れ選ばなければならなくなります」

「何をだ？」

「自分の生き方を」

「生き方とは、どういうことだ？」

「時がくれば分かります。ただ、蜘蛛にはお気を付け下さい。あれの毒は、既にあなたを蝕《むしば》んでいます」

狩野遊山は、それだけ言うとくるりと背中を向けた。

仕込み刀を抜き、後ろから斬りかかることもできたが、結局、歳三は何もせず、ただ遠ざかる背中を見送った。

十四

歳三が件の寺に足を運んだときには、もうすっかり夜になっていた――。

鮮やかに咲き誇る彼岸花のせいか、この世とあの世を隔てる境界を踏み越えたような錯覚を覚えた。

本当は、暗くなる前に色々と確認したかったのだが、狩野遊山に会ったことで、思わぬ時間を食うことになってしまった。

「さて。何が出る――」

歳三は、呟くように言いながら本堂に向かって歩みを進める。

敷地の中に入ったところで、何者かの気配を感じた。鋭利な刃物のように、鋭く尖った視線――。

本堂の扉の前に立った歳三は、仕込み刀に手をかける。

この扉の向こうに誰かいるのは間違いない。

歳三は、ゆっくりと扉を引き開けた。

ぎいっと蝶番《ちょうつがい》が嫌な音を立てる。

本堂の中に一人の男が立っていた。暗くて、その人相は分からない。

「こんなところで、何をしているのです?」

歳三は影に向かって問う。

しかし、その人物は答えるどころか、ぴくりとも動かなかった。

近付いて顔を確かめようかとも思ったが、動くことができなかった。男から発せられる、異様な気配のせいだ。

少しでも近付けば、こちらが斬られる——そう感じさせるほど鋭い殺気に満ちている。

「あなたは何者ですか？」

歳三が訊ねる。

「火車——」

低く唸る声でそう言った。

「火車？」

歳三の問い掛けを遮るように悲鳴が聞こえた。

男の悲鳴だ。

歳三がその悲鳴に気を取られている間に、本堂の中にいた人物が、ふっと闇に溶けるように姿を消していた。

——追うべきか？

いや、そもそも、どこに行ったのかすら分からないのだから、追いかけようがない。それに、悲鳴の方も気になる。

歳三が声のした方に目を向けると、襦袢《じゅばん》姿の男が、必死の形相で駆け寄って来るのが見えた。

見覚えがある。

一昨日の晩、紅屋で幽霊を見て大騒ぎした男――幸四郎だった。

「どうかされましたか？」

歳三が声をかけると、幸四郎は足がもつれたのか、その場に頽れるように倒れ込んでしまった。

「大丈夫ですか？」

歳三が駆け寄ると、幸四郎は何かを訴えようと口を開く。だが、息が切れていてろくに言葉にならない。

「落ち着いて話して下さい」

歳三は、幸四郎の背中をさすりながら言う。

「で、出た。ま、また……女が……」

息も絶え絶えになりながら、幸四郎が言う。

「何が出たのです？」

歳三が問うと、幸四郎は怯えた表情で山門の方を振り返った。

釣られて歳三も山門に目を向ける。

そこには、女が立っていた。彼岸花の模様の着物を着た女。袖で口許を押さえ、手には刃物を持っている。

間違いない。あの女は紅屋に出たお華の幽霊だ。

お華の幽霊は、袖で口許を押さえたまま、くくくくっ――と押し殺した声で笑う。

耳にまとわりつく不快な響きだった。

「あの人を返せ。お前らを連れていく。地獄の業火で焼かれるがいい——」

お華の幽霊が、笑みを含んだ声で言った。

「ひぃ」

落ち着きかけていた幸四郎だったが、再び悲鳴を上げる。

女は、その様を愉《たの》しむかのように、口許に当てた着物の袖をすっと外した。口の端から、ちろちろと赤い光が漏れる。

火の吐息だった——。

「ぎぃやぁ！」

幸四郎は、一際大きな悲鳴を上げると、半分腰が抜けたまま、這うようにして本堂の奥にある林の方に走っていってしまった。

「待って下さい！」

歳三は、慌てて呼び止めたが、幸四郎は錯乱しているのか、まるで聞く耳を持たなかった。

——どうする？

幸四郎を追うべきか？　だが、そうなれば、お華の幽霊に背中を見せることになる。それは危険だ。

今になって一人であることを後悔する。二人いれば役割を分担できた。

迷いを抱える歳三の耳に、「がぁ！　ひゃぁ！　ぎぃ！」と連続した悲鳴が聞こえた。林の方だ。幸四郎に何かあったに違いない。

こうなっては、放っておくことはできない。

歳三は、お華の幽霊に背を向け、悲鳴を辿って林の中に飛び込んだ。

暗い中で、必死に視線を巡らせる。

「うぅ……」

誰かが呻くような声がした。

目を向けると、少し離れたところに倒れている幸四郎の姿があった。

腕や足、それに胸や腹など、あちこちに傷ができていた。形状からして、おそらく刀で斬られたのだろう。

襦袢が真っ赤に染まっていた。辛うじて息はしているが、この出血量ではおそらくもう助かるまい。

「いったい何があったのですか?」

歳三が声をかけると、幸四郎は顔を真っ青にしながら、口を動かした。声が弱々しく、何を言っているのか聞き取れない。

「教えて下さい。誰にやられたんですか?」

歳三は、そう訊ねつつ幸四郎の口に耳を近付けた。

「お、おれの……せいじゃない……」

幸四郎は、歳三にしがみつくようにしながら言ったあと、がはっと血を吐いて息絶えてしまった。

——駄目か。

歳三が内心で呟いたところで、厄介なことに、こちらに近付いてくる足音が聞こえた。

一人ではない。複数の足音だ。

気付けば、歳三は四人の武士に囲まれていた——。

歳三を取り囲んだのは、一昨日の晩、襲ってきた武士たちだった。あのときと同じように、鼻から下を布で覆い隠している。

昨日会った頭領と思しき男の姿はない。

「この前の薬売りだな」

武士の一人が突っかかるようにして、詰め寄って来た。

「左様でございます。こんなところでお会いするとは、奇遇ですね」

歳三は、丁寧な口調で答えつつ、武士の目をじっくりと観察する。どうやら間違い無さそうだ。

「貴様！　ここで何をしていた？」

「色々と野暮用がありまして。偶々、通りかかっただけです」

「だったら、傍らにある死体はどういうことだ？」

武士は、息絶えている幸四郎に目を向けて刀の柄に手をかける。

他の武士たちもそれに倣う。

「お前が殺したのか？」

「いいえ。私ではありません。私が見つけたときには、もう――」

「嘘を吐け！」

武士たちが一斉に刀を抜いた。

激しい憤怒に満ちた声だ。そのように、感情に身を任せているようでは、たかが知れている。

「嘘ではありません――と言っても、どうせ信じないのでしょう？」

「やはりお前が……」

「そうだと答えたら、どうするおつもりですか？」

歳三は、そう訊ねながら仕込み刀に手をかけた。

もっと上手く立ち回れば、この武士たちを納得させることもできたのだろうが、正直、どうでも良かった。

川崎に来てから、色々とあってむしゃくしゃしていたのもあり、大いに暴れたい気分だった。

ふと、狩野遊山の言葉が脳裏を過る。

――血に飢えた狼となるでしょう。ただ、人を斬るだけの獣。

確かにその通りかもしれない。

自分の中に、そうした歪んだ欲望があることは、幼い頃からよく知っている。欲望に任せて、手当たり次第に喧嘩をふっかけて歩いていた時期もある。

だが、それでも満たされることはなかった。飢えに任せて血を啜っても、満たされるものなど何もない。

だが、十一歳のあの日――。

奉公先の主人を殺したあの感触は、歳三のそうした飢えを満たしてくれた。

どんなに取り繕おうと、自分のような人間は、人を殺すことでしか価値を見出せないのかもしれない。

「もう一度、問います。もし、私があなたたちの仲間を斬ったとしたら、どうするのですか？」

歳三が改めて言うと、武士の一人が刀を上段に構えた。

「貴様！　許さん！」

相当に稽古を積んだのだろうが、それだけでは人を斬ることはできない。

この武士たちは、怒りに流され過ぎている。

そんなに力を入れていては、稽古の半分も力が出せない。

人を斬るときは、余分な力を抜き、あらゆる感情を捨て、清流のように心静かでなければならない。

歳三は、仕込み刀の鯉口を切った。

武士が真っ向から斬りかからんとする刹那、その首を撥ねようとしたのだが、その前に異変が起きた。

武士が、「がっ！」と悲鳴を上げたかと思うと、刀を振り下ろすことなく、身体を仰け反らせてその場に崩れ落ちた。

玉藻だった――。

いつの間にか、武士の背後に立った玉藻が、その背中に簪《かんざし》を突き刺したのだ。

武士は、刺さった簪を抜こうとするが、手が届かずに、その場で見苦しい程にのたうち回っている。

歳三の加勢に来たのだろう。大方、浮雲に指示されて、足を運んだに違いない。本当に余計なことをしてくれたものだ。

これで、この武士たちを存分に斬ることができなくなった。

「余計なお世話だったかしら？」

玉藻が歳三の胸の内を見透かしたかのように、静かな笑みを浮かべてみせた。

「いえ。助かりました」

心にもない返答をする。

自分でも滑稽だと思うが、まあ仕方ない。ここまできたら、四の五の言わずにこの連中を片付けるしかない。

「お前ら、叩き斬ってやる！」

武士たちは、目の前であっさり仲間がやられたというのに、状況をわきまえずにいきり立つ。

己の実力も測れない愚かさに笑えてきた。

武士の一人が、真っ先に玉藻に斬りかかった。女だから、簡単に斬り伏せることができると思ったのだろう。

そういうところが、甘いと言わざるを得ない。

玉藻は、後ろに下がることなく、ずいっと武士との距離を詰めた。

刀を相手にしたとき、もっとも有効な手だ。ああやって、間合いの内側に入ってしまえば、斬られることはない。

玉藻は、刀を持った武士の腕の内側に簪を突き立てると、そのまま足を引っかけて地面に転がした。

武士は、刀を取り落とし、蹲《うずくま》るようにして呻いている。

「な、何なんだ。お前らは……」

武士の一人が、怯えの混じった声を上げながら、歳三と正対する。

必死に構えを維持しようとしているが、そんなに震えていては、まともに刀を振るうこともできないだろう。

案の定、見合ったまま動こうとしない。

「どうしました？　私を斬るつもりだったのでしょう？」

歳三が挑発すると、武士は覚悟を決めたのか、「えぇい！」と気合いを発しながら突きを放ってきた。

それなりに速い突きではあったが、正面から真っ直ぐに出した突きなど、そうそう当たるものではない。

歳三は、僅かに体を捌《さば》いて切っ先を躱すと、武士の喉元を杖で軽く突いた。

それだけで武士は咳き込みながら倒れ込んだ。

道場の稽古に慣れた武士は、いかに力強く、素早く打ち込むかばかりに気を取られる。しかし、それだけでは実戦で勝てない。

いかに強い一撃だろうと、素早い太刀筋だろうと、どこに打ち込むかが分かっていれば、躱すことは容易い。

相手の次の攻撃を読み、呼吸を外し、間合いを見切ることこそが重要なのだ。

「ぐぅ……」

最後の一人になってしまった武士が、じりっと後退る。

どうやら、この武士は他の連中と違って、自分には勝ち目がないことを悟っているようだ。

倒れて呻いている連中に、何やら目配せをした。策があるわけではない。逃げるつもりなのだろう。

それが証拠に、くるりと背中を向けて脱兎《だっと》の如く逃げ出した。

倒れていた武士たちも、それに付き従う。

せっかくかかった獲物だ。このまま逃がしてやるほどお人好しではない。

歳三は、背中に簪が刺さったまま逃げ出そうとした武士を、その場に引きずり倒した。

逃げた三人は、一人捕まったことに気付き、一瞬だけ躊躇いを見せたが、結局、我先にと逃げ出して行った。

十五

「さて。色々と訊かせてもらいますよ」

歳三は、取り押さえた武士をじっと見下ろす。

「ひっ」

武士は、悲鳴を上げながら這って逃げようとしたが、行く手に玉藻が立ち塞がり、その手を踏みつけた。

堪らず武士が悲鳴を上げる。

逃げ道を塞ぐだけでいいものを、わざわざ手を踏みつけるとは、玉藻の中にも歪んだ欲望があるのかもしれない。

「取って食おうというわけではありません。ただ、知っていることを教えて欲しいだけなんですよ」

歳三は屈み込むようにして、武士に語りかけた。

武士は、冷や汗を浮かべながら、落ち着きなく視線を左右に動かしている。

――憐れだな。

歳三は、苦笑いを浮かべつつ、武士の覆面を剝ぎ取った。

慌てて両手で顔を隠そうとするが、今さらそんなことをしても、もう遅い。

——やはりそうだった。

「同心の田沼さんですね」

歳三が告げると、田沼は苦々しく表情を歪めて俯いた。

畠の家で顔を合わせたとき、その目許に見覚えがあった。さっき、歳三の前に立ち塞がったとき、改めて見て確信した。

「貴様ら。このような狼藉《ろうぜき》を働いて、ただで済むと思うなよ！」

田沼が唾を撒き散らしながら吠える。

「まあ、そう興奮しないで下さい。幾つか訊きたいことがあるだけです」

「黙れ！　お前らのような卑しい者たちに、答えることなど何もない！」

——これだから武士というのは。

歳三は、半ば呆れてしまった。全てとまでは言わないが、武士にはこうした連中が多いのが事実だ。

農民や商人を下に見て蔑む。

威張り散らし、横柄に振る舞う。だが、歳三からしてみれば、武士がそんなに偉いとは思わない。

この連中は、所詮は、徳川の威光にすがっているだけの木偶《でく》の坊《ぼう》に過ぎない。

そもそも、己の置かれた状況すら分からないような阿呆が、この場で凄んだところで怖くも何ともない。

才谷が、日の本の行く末を憂うのは、こうした連中がのさばっているからなのかもしれない。

何れにせよ、虚勢だけの武士の心を折る方法は幾らでもある。

「そうですか。答えたくありませんか。私は、それでも構いませんが、そこの女は、私のように優しくはありませんよ」

歳三が言うと、田沼は「女に怯えて武士が務まるか！」と啖呵を切ってみせた。

その女に、こてんぱんにされたばかりだというのに、もう忘れてしまったのだろうか。本当に憐れな男だ。

「こう言ってますが、どうします？」

歳三は、玉藻に目配せをした。

それだけでこちらの思惑を察してくれたらしく、玉藻は簪を取り出すと、何の躊躇いもなく田沼の首の付け根に突き刺した。

「ぎぃやぁ！」

田沼は、悲鳴を上げながら簪を抜こうとする。

だが、玉藻がその腕を摑んだ。

「抜かない方がいいわよ。血管に刺してあるから、抜いたら血が止まらなくなるわよ」

玉藻の忠告に、田沼はピタリと動きを止めた。すっかり怯えた目をしている。これで、もう逆らうことができなくなった。

本当に恐ろしい女だ。

どこで覚えたか知らないが、いかに口を割らせるかよく心得ている。

「さて、どうします？　知っていることを答えて頂けますか？　それとも、ここで骸になりますか？」

歳三が問うと田沼の表情が歪む。

「ふ、巫山戯《ふざけ》るな！　すぐに仲間がお前らを斬りに戻って来るぞ！」

田沼が震える声で言った。

昨日のあの頭領を連れて、再びここにやってくるということは、充分に考えられる。

「あら、そうなの。じゃあ、助けが来る前に簪を抜くことにするわ」

玉藻が楽しげに言うと、簪に手をかけた。

途端、田沼の顔が凍り付く。

歳三は、すぐに玉藻の手を摑んで首を左右に振った。

「もうしばらくお待ち下さい」

そう告げると、玉藻はすぐに簪から手を離した。

玉藻が田沼に恐怖を与え、歳三がそれを窘《たしな》めることで揺さぶりをかける。阿吽《あうん》の呼吸だ。

「この女は、本気であなたを殺すつもりです。できれば、私はそんなことをさせたくありません」

歳三の言葉で、田沼の目の色が変わった。知っていることを全て喋るから、助けて欲しいと目で懇願している。

「では、改めてお訊きします。そこで死んでいる幸四郎という武士は、あなたたちの仲間だったのですか?」

「そ、そうだ」

田沼は簪の刺さった首の付け根を押さえながら答える。

「火車に焼き殺された、藤十郎さんも仲間だったんですね」

「…………」

返事はなかったが、表情を見ていればそれで分かる。

これではっきりした。おそらく、この連中は藤十郎を通して、才谷のことを知っていた。だから、昨日、頭領と思われる男は、才谷の名を聞いて刀を鞘に納めたのだ。

「あなたたちは、廃寺に集まって、何を企んでいるのですか?」

田沼が視線を逸らして、唇を噛んだ。

どうしても、喋るわけにはいかないという、強い意志を感じる。おそらく、核心を突いた問いということだろう。

「教えて頂けませんか?」

歳三が改めて問う。

「もう、お前らに話すことはない」

そう言って、田沼は歳三を睨んできた。

どうも田沼は、どこかで自分は助かると慢心している節がある。もう少し、脅しを強くした方がいいかもしれない。

「面倒な男ね。喋りたくないなら、さっさと殺してしまいましょう」

玉藻は投げ遣りな口調で言うと、簪を持ち、それをぐっと押し込んだ。

激痛が走ったのだろう。田沼は、悲鳴を上げながらも「や、止めてくれ！」と必死に訴える。

「喋る気になりましたか？」

歳三が訊ねると、田沼は何度も首を縦に振った。

「では教えて下さい。この廃寺で何をしていたのですか？」

「おれたち暁党は……」

田沼は、途中で言葉を切った。

喋ることを躊躇ったのではない。田沼は、海老のように身体を反らし、ばたばたと痙攣《けいれん》を始めた。

「どうしたんですか？」

歳三の呼びかけに応じることなく、田沼は口から泡を吹き始めた。

痙攣は、みるみる激しくなり、やがて糸が切れたように、ぴくりとも動かなくなった。

「毒矢――」

玉藻が静かに言った。

その指摘の通り、田沼の首筋の裏に、小さな鏃《やじり》が刺さっていた。

誰かが口封じのために放ったのだろう。

歳三は、慌てて周囲を見回してみたが、人の姿を見つけることはできなかった。

さっき逃げた連中かと思ったが、おそらく違うだろう。あの連中も武士の端くれだ。毒矢を使うような真似はしないだろう。

となると、いったい誰が？

考えてみたが、歳三はその答えを見つけることができなかった。

三　残花

一

歳三が玉藻と紅屋に戻ると、部屋では呑気に浮雲と才谷が酒を酌み交わしていた。

この男たちは、本当に事件を解決する気があるのだろうか？

「おう。歳。どうだった？」

浮雲が上機嫌に訊ねてくる。

「まあ、色々です」

「その色々を訊いているんだ。阿呆が」

「あなたのような酔っ払いに、阿呆呼ばわりされる覚えはありませんね」

「何だと」

「頭に蜘蛛が乗っているというのに、酔って気付きもしないのですから、間抜けとしか言い様がありません」

「蜘蛛？」

浮雲は、慌てて自分の頭を払う。が、蜘蛛はいない。

「嘘です」

歳三がしれっと言うと、浮雲が「てめぇ！」と突っかかってきたが、無視してやった。

その様を見て、隣にいた玉藻が声を上げて笑う。

「怪我をしているのか？」

ひとしきり笑ったところで、才谷が神妙な顔で言う。歳三の着物についた血を見つけたのだろう。

「いえ。これは違います。私の血ではありません」

「まさか、人を斬ったのか？」

才谷の顔が途端に険しくなる。

もし、ここで「そうだ」と答えたら、才谷はどうするのだろう。刀を抜いて歳三を斬るのだろうか？　などとつまらぬことを考えてしまった。

「いえいえ。私は斬っていません。ですが、二人死にました」

歳三が告げると、さすがに浮雲も驚いた顔をした。

「何があった？」

浮雲が訊ねてきたので、歳三はその場に腰を下ろした。玉藻も並んで座る。

「実は、厄介なことに巻き込まれましてね――」

歳三はここに至るまでを、仔細に説明することになった。ただ、狩野遊山に出会ったことだけは、敢えて伏せて話を進めた。

「解《げ》せん」

一通り話し終えたところで、才谷が怒りのこもった声を上げた。

「何がです？」

歳三が問うと、才谷は盃の酒をぐいっと呷ってから口を開いた。

「あの藤十郎が、いきなり人を襲うような浪人連中と仲間だったなど。あいつは、本当に気のいい男だった」

才谷は、藤十郎を信用していたのだろう。

だからこそ、怪しげな武士たちとつるんでいるなど、夢にも思っていなかった。

素直に人を信じるところが才谷らしいのだが、人は二面性を持っているものだ。裏に別の顔を持っていたとしても、何ら不思議はない。

歳三がそうであるように――。

「お気持ちはお察しします。しかし、藤十郎さんが連中の仲間だったとすると、才谷さんの名を聞き、刀を納めた理由も頷けます」

「どういうことだ？」

「あの連中は、藤十郎さんから、あなたのことを聞いていたのでしょう。それで、やがては、あなたも仲間に引き入れるつもりだった」

「あんな連中の仲間になどなるものか！」

才谷が憤慨する。

「それは、出会い方に問題があったからです」

「何？」

「あの連中は、おそらく暁党です」

「何だって！」

才谷が目を剝く。

「もし、藤十郎さんを通して、あの連中を紹介され、酒でも酌み交わしながら、日の本の行く末について語り合っていたとしたら、才谷さんは彼らを仲間として受け容《い》れたのではありませんか？」

「…………」

才谷は、何も答えられずに俯いてしまった。

少しばかり、意地の悪い言い方をしてしまったと思ったが、今さら言葉を引っ込めることはできない。

ただ、間違ったことは言っていない。思想を語り合って繫がった者たちというのは、結束しているようで、意外と相手の本性が見えなかったりする。

話を聞く限り、才谷と藤十郎も、そうした繫がり方だったように感じられる。

そして、そうやって繫がった連中は、途中で仲間割れが起こると相場が決まっている。

「暁党ってのは、恭一郎が属していたところだな」

浮雲が口を挟んできた。

「ええ」

「一年前に、恭一郎が起こした事件が鍵かもしれんな」

「私もそう思います」

「その畠という医者が、息子の復讐のために火車の怪異を装って、人を殺して歩いているのかもしれんぞ」

才谷が興奮気味に言う。

そういうことも考えられるだろう。畠は、一年前に恭一郎が起こした事件で息子の喜八を失ったばかりか、その妻だった蘭まで——相当な恨みを抱いていることは想像に難くない。

「そうかもしれません。ただ、少し引っかかります」

歳三も同じことを考えはした。だが、どうしても腑《ふ》に落ちないことがある。

「何が引っかかるんだ？」

「畠は、大義のために刀を振り回す武士を非難していました。復讐のために人を殺したのでは、己も同じことをやっていることになる」

「自分の罪を隠すために、敢えてそういう言い方をしていたとも考えられるだろ」

「そうですね……」

「何れにしても、一年前の恭一郎の一件を、調べ直してみる必要がありそうだな」

浮雲が口にすると、玉藻がふっと笑みを零《こぼ》した。

「それには及ばないわよ」

「何？」

「一年前の件は、私の方でもう調べてあるわ」

「だったら、それをさっさと言え」

「だから、今言ってるんじゃない。せっかちな男ね。だから、女に飽きられるのよ」

「何だと」

歳三は、興奮して立ち上がろうとする浮雲を諫《いさ》めた。

からかわれているのだから、聞き流せばいいものを、こうやっていちいち興奮するのが浮雲のけったいなところだ。

「それで、何か分かったのですか？」

歳三が改めて話を振ると、玉藻は一つ頷いてから話し始めた。

「暁党は、武士だけではなく、町人も巻き込んで、かなりの大所帯のようね。束ねているのは、堀部新兵衛《ほりべしんべえ》という武士よ」

「堀部とは、どういう男ですか？」

歳三が訊ねる。

「そうね。身分は大したことないわ。ただ、陰流を学んでいて、剣の腕は滅法強いって評判よ。まあ色々と問題の多い男でもあるわ」

「どういう問題です？」

「血に飢えていると言えば、分かり易いかしら。道場の稽古中に、相手を殺してしまったことがあるらしいの。あくまで、稽古中の事故という扱いだったらしいけど、本当のところは分からないわね」

玉藻が小さく首を左右に振った。

歳三の頭に、蜘蛛の巣のような模様の入った羽織を着た武士の顔が浮かんだ。

人を斬ることを何とも思っていない。いや、むしろ、それを望んでいるかのような狂気に満ちた男――。

「もしかして、堀部というのは、あのときの男かもしれんな」

才谷も同じことを考えたらしく、ぽんと膝を打つ。

「そうですね」

歳三が同意すると、才谷の表情が急に陰鬱なものに変わった。

「しかし、あれが堀部だとすると、藤十郎は、どうしてあのような危険な男とかかわりを持ったのかが分からん」

才谷は、まだそこが引っかかっているようだ。

「暁党は最初から、堀部が取り仕切っていたわけではないの」

玉藻が言う。

「どういうことですか？」

「暁党を立ち上げたのは、吉田松之丞《よしだまつのじょう》という武士なの。知識が豊富で、人望も厚い人だったそうよ。ほとんどの人が、吉田に師事して暁党に入ったのよ」

今の口ぶり――。

「その吉田さんは、もう亡くなっているのですか?」

「ええ。一年前、石川恭一郎が起こしたとされる事件で殺された中に、吉田も含まれていたの」

そこまで言って、玉藻は探るような視線を向けてきた。

「恭一郎も暁党の一員だったのですよね。どうして、党首を暗殺するような真似を?」

歳三が訊ねると、玉藻は妖艶な笑みを浮かべてから話を続ける。

「暁党は当時、主義主張によって、完全に二分してしまっていたの。幕府に対して書をもって働きかけるべきだという穏便派と、不利な条約を結んでしまう、弱腰のお上の連中を、暗殺してしまおうという強硬派ね」

「ありそうなことですね」

志は同じだった。だが、そのやり方で対立してしまう。どこにでも転がっている話だ。

「ええ。吉田は穏便派だった。それを邪魔だと思った強硬派の男が、暗殺したというのが真相のようね」

「それを実行したのが、恭一郎だったのですね」

歳三が言うと、玉藻は首を左右に振った。

「いいえ。恭一郎は殺してないわ」

「どういうことです？」

「吉田を殺したのは、強硬派の筆頭だった堀部新兵衛だったってもっぱらの噂よ」

自らが党首になるために、邪魔な吉田を暗殺してしまったということか。短絡的だが、有効な手段であることは間違いない。

「恭一郎は、その濡れ衣を着せられた？」

「それも少し違うわね。恭一郎は、分かっていたのよ」

「分かっていた？」

「ええ。堀部が吉田を殺したことを知っていた。ただ、暁党の中で、そんな話が広がれば内部抗争になってしまう」

「でしょうね――」

同じ志を持った武士たちが、勢力を二分して抗争をくり広げるなど、目も当てられない惨劇だ。

「そこで堀部は、若くて純粋だった恭一郎を丸め込んだのよ。吉田は幕府の密偵だった。だから斬った――と。ただ、暁党存続のために、そして未来の日本のために、堀部が斬ったことが明るみに出るのは不味《まず》いと」

その先は、分かるでしょ――といった感じで玉藻が歳三に目を向けた。

「恭一郎は堀部を信じ、吉田殺しの罪を被って逃亡したのですね」

「そうよ。もちろん、そのままにすれば、恭一郎は口を割るかもしれない。だから――」

「例の廃寺で殺した――」

「そう。他の暁党の連中には、吉田殺しの下手人だと伝えて襲わせたの。仇討ちをやらせることで、党首を失った暁党を纏め上げることができるから、一石二鳥というわけね」

「胸くその悪い話だ」

浮雲が吐き捨てるように言った。

同感だった。日の本の未来を云々と能書きを並べながら、やっていることは何も変わっていない。

ただ、才谷は別の感情を抱いているようだった。

「国を守るために、己の身を犠牲にした恭一郎をも踏みにじるとは……許せん」

どんっと畳に拳を打ち付ける才谷の姿が、どこか滑稽に見えた。

「そんなことのために、己を犠牲にする方が莫迦げている」

言ったのは浮雲だった。

「大義のために、己の身を捧げることは、決して間違ったことではない」

才谷が反論する。

感情を抑制して、絞り出したといった感じの声だった。

「そういう考え方もあるだろうよ。だが、それは武士の勝手な考えだ。庶民は、誰もそんなことは望んじゃいない。ただ、平穏な日常を過ごしたいだけだ」

浮雲が淡々と言いながら、盃の酒をぐいっと呷る。

「しかし、このままでは、諸外国にいいようにあしらわれてしまう。そうなれば、困窮《こんきゅう》するのは庶民だ」

才谷が熱のこもった声で言いながら、腰を浮かせる。

「そうかもしれん。だが、武士同士が斬り合ったところで、状況は変わらん。中途半端に内乱など起こせば、やはり犠牲になるのは庶民だ」

「それは……」

「もうそれくらいでいいのではありませんか？」

流石に険悪な空気になったので、歳三は慌てて割って入る。

だが、浮雲は日頃溜め込んでいた鬱憤に火が点いてしまったのか、止まらなかった。

「武士が主義主張をするのは勝手だ。だが、無関係の人間を巻き込んでおいて、国のためだなどと綺麗事を言われたんじゃ、堪ったもんじゃねぇ。己らの都合のせいで、どれほどの人間が巻き添えになるのか、少しは考えて欲しいもんだ」

「浮雲さん」

歳三は、浮雲の袖を摑んだ。だが、それはすぐに振り払われてしまった。

「おれは、どうにも昨今の風潮が気にくわねぇ。諸外国と渡り合うってんなら、結束するべきだろう。それを、武士どもは好き勝手並べて、あちこちで揉め事を起こす。仕舞いには、暁党のように、仲間内で斬り合う始末だ。日の本のため——などとのたまっちゃいるが、やってることは、これまでと同じだ。結局、割を食うのは、いつも庶民なんだよ」

浮雲が、ばんっと畳を叩いた。

こうまで浮雲が怒りを露わにする気持ちは、分からんでもない。

江戸にいたときも、そうした武士の身勝手さが、多くの事件を引き起こしてきた。そして、命を落とすのは、常に立場の弱い者たちだったのだ。

ただ、今それを才谷にぶつけたところで、何も変わらない。

「酒でも呑んで、少しは落ち着いて下さい」

歳三は瓢の酒を盃に注いで、浮雲にすっと差し出した。

しばらく無言で睨んでいた浮雲だったが、やがて諦めたように歳三から盃をひったくり、一息に呑み干した。

次の瞬間、浮雲はぶっと霧のように酒を吐き出した。

喉を押さえて、何度も噎《む》せ返る。

「歳三！　てめぇ、酒に何を入れやがった！」

「センブリの葉を煎じた粉末を少々」

センブリは、昔から使われている生薬で、胃腸の不調によく効くが、その味はすこぶる苦い。

酒を注ぐときに、こっそり混ぜておいたのだ。

「何てことしやがる。口の中が苦くて堪らん！」

「少しは薬になったでしょう。あなたが、才谷さんに八つ当たりするからいけないのです」

歳三が言うと、才谷が「こりゃいい」と声を上げて笑った。

良かった。これで、少しはマシな空気になった。

才谷は、ひとしきり笑ったあとに、すっと居住まいを正すと、浮雲に向かって深々と頭を下げた。

「申し訳ない――」

「いや。才谷さんが謝ることではありませんよ。もとはといえば、この男が悪いのですから」

「それでも、謝らせてくれ。おれは、今、目が覚めた気がした。浮雲の言う通りだ。弱腰だ何だと批判ばかりだった。そうやってぶつかり合ったところで、民の暮らしが楽になるわけではない」

「才谷さん――」

「何だか、これからやるべきことが、はっきりとした気がする。浮雲のお陰だ」

そう言って、才谷は再び頭を下げた。

本当に気持ちのいい男だ。こういう武士ばかりなら、世の中は少しはマシになるのだろう。

「あなたも、言い過ぎたことを詫びた方がいいと思いますよ」

歳三が促すと、浮雲はばつが悪そうにしながらも、「すまなかった」と頭を下げた。

「だが、お前のことは許さんぞ」

浮雲は、墨で描かれた眼で睨んできた。

「警戒心もなく、酒だからとほいほい口に入れるからいけないのです」

「何！　どういう言い草だ！」

「まあまあ」

今度は、才谷が仲裁に入ることになった。

二

「話を戻しましょう――」

場が落ち着いたところで、歳三は仕切り直しをする。

「そうだな。つまらんいざこざを起こしてしまった」

才谷が、そう言って改めて頭を下げた。

「それで。才谷さんたちは、何を調べていたんですか？」

歳三が訊ねると、才谷は浮雲に目配せしてから話を始めた。

「おれと浮雲は、廃寺で起きた事件について、色々と調べて回っていたんだ。夕刻までは、あの辺りにいたのだが、歳三とは入れ違いになっていたようだな」

「そのようですね」

歳三も同じように調べようとしたが、思わぬ邪魔が入ったことで、何もできなかったので、才谷たちが調べてくれていたのは都合がいい。

「それで、何か分かりましたか？」

「ああ。色々と妙なことが分かった。品川での一件のあと、恭一郎があの廃寺に逃げ込んだのは間違いない。武士たちが包囲して、火を放ったというのも確かだ。相当な騒ぎになったので、近隣の住民がよく覚えていた」

「どこが妙なのですか？」

　今の話からして、妙なことは何一つないように思う。

「うむ。その場にいた者の話だと、武士たちは包囲して、恭一郎を斬り付けてから、寺に火を放ち、そのまま立ち去ってしまったらしい」

「延焼したら大変ですね」

「ああ。それで、近隣で火消しをしたらしい。で、何とか半焼で留めることができたそうだ」

「なるほど」

　だから、あの廃寺は完全に焼けずに残ったというわけだ。

「で、そのとき、本堂の中で、血塗れになって倒れている武士を発見したらしいんだ」

「恭一郎――」

「おそらくそうだ。で、わずかに息があった。そこで、皆で医者に看せるために運んだそうだ」

「畠のところですか？」

　歳三が問うと、才谷が大きく頷いた。

　――何という因果だ。

　まさか、畠も恭一郎が運ばれて来るとは思ってもみなかっただろう。

「妙なのは、ここからだ」

　才谷は、咳払いをして居住まいを正す。

「何です？」

「運んだあと、畠は恭一郎は助からなかったと言ったそうだ。だが、誰も死体を見ていないと言うんだ」

「それって、つまりは……」

「多分、恭一郎は生きている」

そうきっぱりと言ったのは浮雲だった。

驚きはあるが、そう言われてみると腑に落ちるところが多々ある。

――復讐に取り憑かれて、自分を見失っちまったら、それはもはや人じゃねぇ。

恭一郎を恨んでいるのかと訊ねたとき、畠はそう言った。あれは、恭一郎が生きていると知っているからこその言葉だったのだろう。

畠は、医者として運び込まれた恭一郎を見捨てることができず、治療を施したのだろう。

その後、回復した恭一郎から品川の事件の真相を聞かされたに違いない。

生きていることを知られれば、きっと刺客が差し向けられると考え、周囲には死んだと告げたのだろう。

その上で恭一郎を逃がした――。

やがてことの真相は、喜八の妻である蘭にも伝わることになった。だから、蘭は無謀にも暁党に「夫を返せ」と乗り込んで行くことになったのだ。

「生き延びた恭一郎が、川崎に戻って来て復讐のために藤十郎を殺したのですね」

歳三が言うと、浮雲は「おそらくな」と頷いてみせた。

「これまでの話で、恭一郎が復讐のために藤十郎を殺したという意見には賛成だが、一つ分からんことがある」

才谷が困ったように眉を顰める。

「何だ？」

浮雲が先を促す。

「どうして藤十郎は、舟の上で燃えたんだ？　その上、真っ黒になって川に浮かんでいたというのは、どう考えてもおかしいではないか」

才谷が早口に言う。

確かに、そこは疑問として残るだろう。だが、これまでの話を整理すれば、自ずと答えが出る。てっきり浮雲は説明するのかと思ったが、面倒になったらしく「歳」と目配せしてきた。嫌なことは、すぐ他人に押しつける。ずぼらな男だ。

呆れはしたが、ここで黙っていても仕方ない。歳三は、ふっと息を吐いてから話を始めた。

「あれは謎でも何でもないんです」

「謎ではない？」

「ええ。至極《しごく》簡単な話です。斬り殺したあと、燃やして川に捨てたんですよ」

「それだけ？」

「ええ。それだけです」

畠も燃えたのは、殺されたあとだと断言している。

その証拠に、黒焦げで発見された土左衛門は、何れも刀傷があった。

「いや、しかし、藤十郎は舟の上で燃えたはずだ」

才谷が負けじと声を上げる。

「船頭の三郎の話ですよね？」

「そうだ」

三郎の証言が、事態をややこしくしてしまった。

だが、死体が斬られたあとに燃やされたと分かった以上、考えられる答えは一つしかない。

「そのとき、三郎が見たのは、藤十郎さんではないんです」

「な、何！」

才谷が驚きの声とともに立ち上がる。

「おそらく、舟に乗っていたのは別の人間です」

「誰だ？」

「たぶん、恭一郎でしょうね」

「な、何？」

「恭一郎が、藤十郎さんのふりをして舟に乗り、自分の身体に火を点けたあと、すぐに川に飛び込んだのでしょう」

熱いだろうが、すぐに川に飛び込めば、軽い火傷程度で済む。別に死ぬことはない。

「どうして、そんなまどろっこしいことをした？」

「敢えて、三郎にそうした場面を見せることで、火車という怪異の仕業にしたかったのだと思います」

そして、恭一郎の思惑通り、三郎は見たことを周囲に喋り、火車の仕業だという話が広まったのだ。

「怪異に見せかける必要があったのか？」

「恭一郎は、暁党に復讐を目論んでいました。ただ、相手は一人ではありません。正面切って斬りかかって行ったのでは、勝ち目がない。できるだけ、自分の犯行を隠しておきたかったのです」

「だから、火車の怪異を隠れ蓑《みの》にした——と？」

「そうです。火車を使ったのは、罪人の骸を奪っていく妖怪だったからでしょう。そうした噂を立てることで、暁党の連中に恐怖を植え付けることもできる」

「そういうことだったのか……」

才谷が唖然とした顔で言う。

「ええ。ついでに言えば、紅屋で幽霊を見て、行方不明になっている武士が、もう一人いましたよね？」

「ああ。確かそんな話だったな」

「その武士も、同じように斬られたあと、焼かれて川に捨てられたはずです」

「しかし、死体は上がってないぞ」

「川の流れのせいでしょうね。運悪く、雨か何かが降って、死体が流されてしまったのでしょう」

今頃、海まで流れてしまっているかもしれない。

「待てよ。もし、紅屋に現われる幽霊が、お華なのだとしたら、復讐のために、兄である恭一郎と協力し合っていたということか？」

「そうなりますね」

兄と妹——生者と死者が対になって、暁党の武士たちに復讐を目論んだというのが、今回の事件の真相だろう。

そして、暁党の連中もまた、自分たちが狙われていることに気付いていた。

廃寺で歳三たちを襲ったのは、自分たちを狙う輩と勘違いしたからだ。つまり、藤十郎を殺害した下手人だと思われたのだ。

お華の幽霊を追いかけたことで、思わぬ誤解を招くことになったというわけだ。

「それは分かったが、だったらどうして三郎は殺された？」

才谷の疑問はもっともだ。

だが、それについても、大凡《おおよそ》見当がついている。

「三郎は気付いてしまったんですよ」

「気付く？」

「ええ。火車の正体に気付いたんです。最初は、怪異だと騒ぎ立てたが、日が経つにつれて、記憶が整理されていき、ことの真相に気付いてしまったんです」

火車の噂を広めたのは三郎だ。そうやって、何度も話をしているうちに、当時は気付かなかったおかしな点に気付いてしまったのだろう。

「それで、口封じをされたということか」

「少し違うと思います」

「どう違うんだ？」

「三郎は、方々に借金をしていましたが、最近になって、それを返済する当てができたと息巻いていたそうです」

そこで言葉を切り、ちらりと才谷に目を向けた。

ここまで口にすれば、先のことは言わずとも理解してくれるだろう。

「つまり、犯人である恭一郎を強請《ゆす》っていたわけか？」

「ええ。その結果として、殺されることになったのでしょう」

三郎の部屋に残っていた藁と僅かな血痕――。

恭一郎は、三郎に筵《むしろ》をかけ、その上から小太刀のようなもので刺したのだろう。小太刀を抜かなければ出血は少ない。多少出たとしても、筵がそれを吸ってくれる。

それに、筵をかけていれば、死体を隠し易く、そのまま荷車にでも乗せてしまえば、いくらでも運び出すことができる。

そうすることで、部屋で三郎が死んだ痕跡を消したつもりだったが、代わりに血痕が付着した藁が残ってしまった。

その後、恭一郎は三郎の死体を別の場所に運び、それを燃やして川に流すことで、藤十郎と同じように火車の仕業であると見せかけたのだ。

数珠を握らせたのは、焼いて人相が分からなくなった死体が、三郎であると認識させるためだろう。

推測でしかないが、大筋で外れてはいないはずだ。

三郎は、大人しく番屋に駆け込めば良かったものを、欲を出したがために命を落とす結果になったのだ。

「そういうことだったのか。で、問題の恭一郎はどこにいるんだ？」

「分かりません」

歳三は首を左右に振った。

事件の筋は分かったが、肝心の恭一郎の行方については、全く分からない。そもそも、生きている可能性について、ついさっき思い至ったばかりなのだ。

「浮雲は、心当たりはあるのか？」

才谷が浮雲に訊ねる。

「全く無しだ。恭一郎の居所を知るためには、もう少し情報が欲しい」

浮雲が口をへの字に曲げる。

「そういえば、一つ思い出したことがあります」

歳三は部屋が沈黙に満たされるのを待ってから、そう切り出した。

実際に、今思い出した訳ではない。話す頃合いを見計らっていたのだ。

「何だ？」

「実は、色々と訊いて歩いているときに、知った顔に会いまして……」

「誰だ？」

浮雲が被せるように言う。

訊ねてはいるが、そうするまでもなく、歳三が出会った相手が誰なのか、見当がついているようだった。

「狩野遊山です――」

歳三が告げると、浮雲の口許が歪んだ。

墨で描かれたはずの眼に、怒りの感情が滲んだように見える。

「あの野郎は、何か言っていたか？」

「まあ、例の如く、遠回しに色々と」

「その色々を訊いてんだ」

浮雲の口調が荒くなる。

やはり、敢えて最後に話して良かった。浮雲は、狩野遊山のことになると、どうしても冷静さを失う。

「私に大義を与える——というようなことを言っていました」

「大義？　何だそれは？」

「私にも、意味は分かりません。何せ、あの男の言うことですから。それともう一つ——」

「何だ？」

「忠告があると言っていました。此度の一件は、私たちの動き次第で日の本の命運を左右するのだそうです。何の考えもなくかかわっているのなら、早々に手を引け——と」

歳三が言い終わるなり、浮雲は舌打ちをした。

「何が命運だ。ただの怪異だろうが」

「そうとも言い切れません。それは、あなたも分かっているでしょ」

これまで狩野遊山は、心霊現象に絡めて人の心を操り、様々な事件を引き起こしてきた。そして、その裏には明確な目的があった。

狩野遊山は、見境なく人を陥れているのではなく、幕府に仇《あだ》なす者たちを事件の中で葬ってきたのだ。

今回の事件が、そうしたものだと考えると、決して大げさな言葉ではないような気がする。

「誰がかかわっていようと、おれにとっちゃただの怪異だ」

「まあ、そうですね。ただ、狩野遊山はもう一つ、奇妙なことを言っていました」

「何だ？」

「何れ、自分の生き方を選ばなければならなくなる——と」

歳三が言うと、浮雲の頰の筋肉がぴくっと跳ねた。

「何が生き方だ……」

浮雲が吐き捨てるように言った。

「何であるにせよ、おそらくは今回の一件、狩野遊山の謀ではないかと」

「だろうな……」

浮雲は舌打ちをしてから、盃の酒をぐいっと呷った。

つくづく、因縁からは逃れられないものだと思う。江戸を離れたはずなのに、それでも狩野遊山の影がある。

実体と影のように浮雲と狩野遊山は表裏一体のものなのだから、当然といえば当然なのかもしれない。

「それと、蜘蛛に気を付けろとも言っていましたね」

「蜘蛛ねぇ……」

浮雲がはあっとため息を吐く。

狩野遊山の言う蜘蛛とは、いったい何を指しているのか、歳三にも分からない。何れにせよ、このままここで呆けていても始まらない。

「それで、どうするんですか？」

歳三が問い掛けたところで、バタバタと誰かが走って来る足音がした。勢いよく襖が開き、顔を出したのは吉左衛門だった。

「た、助けて下さいまし！」

吉左衛門が、息を切らしながら言う。

「どうした？」

浮雲が問う。

「き、吉之助が、血、血を吐いて……」

吉左衛門の言葉を聞き、浮雲がすっと立ち上がった。

「急を要するな。順番は違うが、まずは吉之助に憑いているものを落とそう――」

浮雲が、持っていた金剛杖でドンっと畳を突いた。

三

吉之助は、座敷牢の中でうつ伏せに倒れていた――。

お宮が、苦しそうにしている吉之助の背中をさすっていた。吉左衛門は、どうしていいのか分からず、座敷牢の格子戸の前を、行ったり来たりするばかりだ。

「大丈夫なのか？」

隣に立つ才谷が、小声で訊ねてきた。

「詳しくみてみないと、何とも言えませんが、危険な状態であるのは確かです」

床には、吉之助が吐いたとみられる血があった。

量はそれほど多くはないが、血を吐いているのだから、身体に大きな異変が起きているのは間違いない。

ただ――。

それが、幽霊の憑依によるものなのかどうかは、定かではない。もしかしたら、それとは別の要因なのかもしれない。

「お願いでございます。何とかして下さいまし。このままでは、吉之助が！」

吉左衛門が、歳三にすがりついてくる。

何とかしてやりたいのは山々だが、浮雲からは手を出すなと言われている。そして、肝心の浮雲が、今この場所にはいないのだ。

てっきり一緒に駆けつけるかと思ったが、浮雲は支度があるから先に行け――と歳三と才谷に指示をして、自分は玉藻と二人で出て行ってしまったのだ。

――何を考えているやら。

「浮雲は、何をしている？」

才谷まで焦れたように声をかけてくる。

「そのうち、来るでしょう」

「しかし、このままでは、あの子が死んでしまうぞ」

「大丈夫です。あの男に限って、見捨てるようなことはしませんせん」

歳三は、きっぱりと言った。

浮雲とはそういう男だ。この状況で、逃げ出すようなことは、絶対にしない。何かの算段があるに違いない。

「もう、あなたたちは当てになりません。医者を呼びます」

痺れを切らした吉左衛門が、部屋を出ようと襖を開けた。

「ひっ！」

吉左衛門が短い悲鳴を上げる。

そこには、待ちかねていた浮雲が立っていた。隣には、玉藻の姿もある。

「待たせたな――」

浮雲は、吉左衛門をずいっと押し退けるようにして、部屋の中に入って来た。

さっきと服装が違っている。真っ白い袴と狩衣を着ている。袖に通す紐は赤く染め上げられていた。

さらに、どこから引っ張り出したのか、烏帽子も被っている。

陰陽師そのままの格好なのだが、両眼を赤い布で覆ったままなのが奇妙に映る。

「その格好は、いったい何なんですか？」

歳三が小声で問うと、浮雲はにやっと口の端を吊り上げて笑った。

「演出が必要だろ」

「それっぽく見せたということですか？」

「そうだ」

「でしたら、失敗していますよ」

歳三の考えに反して、才谷が「おおっ」と感嘆の声を上げた。慌てふためいていた吉左衛門も、「何とぞ倅を――」と敬意に満ちた眼差しを向けている。

浮雲は、どうだとばかりに再び笑みを浮かべてみせる。

歳三からしてみれば、滑稽なことこの上ないのだが、周囲が納得しているなら、口を挟むことは止めよう。

気を良くしたらしい浮雲は、すすっと座敷牢の格子の前に歩み出ると、

「臨《りん》・兵《びょう》・闘《とう》・者《じゃ》・皆《かい》・陣《じん》・列《れつ》・在《ざい》・前《ぜん》」

などと唱えながら、九字を切ってみせる。

服装も相まって、堂に入っているように見えるが、そんなものはまやかしだ。

浮雲は、幽霊が見えること以外に特別な力はない。それに、陰陽道を学んだわけでもない。作法も糞もあったものじゃない。

案の定、何も起きなかった。

しばらくの沈黙のあと、浮雲はふうっと小さく息を吐いてから、吉左衛門に向き直る。

「これから、吉之助に憑いている霊を祓う」

「お、お願いします」

「ただ、その前に、お前に確かめておかなければならないことがある」

「な、何でございましょう？」

「霊を祓えば、お前はこれまでと同じところには戻れなくなる」

「ど、どういう意味でしょう？」

「言葉のままだ。お前は全てを失うことになるだろう」

浮雲が、墨で描かれた眼で吉左衛門を見据える。

「す、全てでございますか？」

「そうだ。この宿はもちろん、これまで蓄えた金も、全てを失うことになる。それでも、倅を救いたいと思うか？」

浮雲の問いに、吉左衛門は下を向いてしまった。

言葉の意味を嚙み締め、息子の命と天秤にかけているのかもしれない。もし、吉左衛門が、否と答えたら、浮雲はいったいどうするつもりなのだろう？

長い沈黙のあと、吉左衛門は顔を上げた。その目は、これまでのように、ただ怯えているのではなく、決意を固めているようだった。

「お願いします。私は、何を失っても構いません。どうか、倅を救ってやって下さい」

吉左衛門が、畳の上に頭を擦りつけるように土下座した。

それを見下ろしていた浮雲は、やがて満足したように、にっと笑みを浮かべてみせた。

「いいだろう。その覚悟、確かに受け取った――」

浮雲が、金剛杖で畳をどんっと突く。

それだけで、部屋の中の空気が一変したような気がした。

「吉之助をここへ――」

浮雲が鷹揚《おうよう》に告げる。

吉左衛門は「へ、へい」と応じて座敷牢の中に入り、お宮と一緒に中にいる吉之助を移動させる。

しかし、なかなか上手くいかない。見かねた才谷が、「手伝おう」と座敷牢の中に入っていった。

三人がかりで、吉之助を座敷牢から引っ張り出し、畳の上に寝かせた。

「除霊する前に、まず、はっきりさせておくことがある」

浮雲が吉左衛門を見据えて声を張る。

「な、何でございましょう？」

「一月ほど前に、行方知れずになった女中、お華のことだ」

「どうして、今お華のことを……」

「吉之助に憑依しているのは、紅屋の女中だったお華だ――」

浮雲が声を張る。

「えっ……」

吉左衛門が驚いたように口にしたが、芝居がかっていて嘘臭い。

「お華は、何者かに殺されたのだ。そして、その骸は焼かれ、骨だけにされた。その上で、座敷牢の床下に隠された」

浮雲が、再び金剛杖で畳を突いた。

「そ、そんな……。お華が死んでいたなんて……」

お宮が、目を潤ませながら、がっくりと肩を落とした。

「ちょ、ちょっと待って下さい。お華の遺骨が、床下にあったとは、いったいどういうことです？」

吉左衛門が、信じられないといった様子で口にする。

「どうもこうもない。それが事実だ」

「そんな莫迦な。いい加減なことを言わないで頂きたい」

そう主張する吉左衛門の顔は、青ざめていた。

「ほう。おれがいい加減なことを言っていると、そう思っているのだな」

浮雲が、吉左衛門の襟首を摑み、ぐいっと自分の方に引き寄せる。

「あ、いえ。しかし、証がありません」

「証ならあるさ」

そう言って、浮雲は玉藻の方に顔を向けた。

玉藻は、小さく顎を引いて頷くと、木箱を吉之助の傍らにそっと置き、蓋を開けた。

中に入っている遺骨を見て、吉左衛門がゴクリと喉を鳴らして息を吞む。

「これが証だ。中に入っているのは、お華の遺骨だ。これは、ちょうど、座敷牢の床下から見つかった」

浮雲が、金剛杖でお華の遺骨が隠されていた辺りを指し示す。

「そ、そんな。いったい、誰がそんな酷いことを……」

吉左衛門は、額にびっしょりと汗を浮かべながらも、必死に知らぬ存ぜぬを押し通す。

が、そんなことで、浮雲を納得させることはできない。

「ほう。知らぬと申すか。それは、本気で言っているのか？」

「も、もちろんでございます」

吉左衛門が言い終わるや否や、浮雲がどんっと金剛杖で畳を突く。

浮雲が、畳に金剛杖を打ち付ける度に、部屋の空気が、どんどんと重くなっていくような気がする。

「そうだな。お前は、ここにお華の遺骨が隠されていたことは、知らなかったのだろう」

てっきり、激しく追及するものとばかり思っていたが、浮雲はあっさり吉左衛門の言い分を認めてしまった。

「は、はい」

「ここに遺骨があることは知らなかったが、お華が死んでいたことは、分かっていたんじゃねぇのか？」

浮雲が、吉左衛門の肩を抱くようにして、ずいっと自分の方に引き寄せる。

「い、いいえ。そのようなことは……」

「ほう。シラを切るか。別に、おれはそれでもいいぜ」

「…………」

「ただ――吉之助は死ぬ」

「え？」

「さっきも言ったが、吉之助に憑いているのはお華だ。その無念を晴らさなければ、成仏させることはできん」

「…………」

「もし、吉之助を助けたいなら、お前が知っていることを全て話せ」

浮雲が、吉左衛門の耳にそう囁く。

吉左衛門の額から流れ出した汗が、頬から顎を流れ、畳の上にぽたりと落ちた。

「そ、そんな……私には、口が裂けても言えません。そんなことをすれば、私は……」

吉左衛門が頭を振る。

「何を今さら。お前は言ったはずだ。吉之助を救うために、全てを捨てる覚悟がある――と。あれは、嘘だったのか？」

「そ、それは……」

「おっと。誤魔化そうなんて思うなよ。そんなことをしても無駄だ」

「え？」

「おれの眼は、特別でな。嘘を吐けば、たちどころにそれを見抜く」

浮雲は、そう言いながら両眼を覆っていた赤い布を、するすると外した。

晒された赤い双眸を目の当たりにして、吉左衛門が口をあんぐりと開け、驚愕《きょうがく》の表情を浮かべた。

いい頃合いだ。

赤い眼に恐怖を抱いた吉左衛門は、もはや嘘を吐くことはできないだろう。

案外、浮雲が両眼を赤い布で隠すのは、奇異の目で見られるからではなく、時を見計らって、威圧するためなのではないかとすら思える。

「さあ、どうする？　真実を喋るか？　それとも倅を見殺しにするか？」

長い沈黙があった――。

が、やがて吉左衛門が、何かを諦めたように肩を落とした。

「仰る通り、お華が死んだことは知っていました……」

「お華は、殺されたのだな？」

「はい……」

「誰が殺した？」

「それは……」

「言わねば、倅が死ぬぞ」

浮雲が、赤い双眸を吉之助に向ける。

苦しそうにしている吉之助を見かねたのか、吉左衛門が視線を逸らした。

「藤十郎様たちが……」

吉左衛門が震える声で言った。

「う、嘘だ！　そのようなこと……」

堪らず声を上げた才谷だったが、浮雲が金剛杖を突きつけてそれを制する。

言葉にせずとも、今は黙っていろ――という意思が、ひしひしと伝わってきた。

才谷は納得していないようだったが、結局、ここは黙るという選択をした。

「藤十郎たちだけではないだろう。お前は暁党の連中とつるんでいた。違うか？」

「は、はい……」

「お前のような者が、どうしてあんな連中とつるんでいた？」

「お、恩がありました」

「旅籠が潰れかけ、吉之助と路頭に迷いそうになったとき、声をかけて下さったのです。暁党の方々に言われ、平旅籠から、飯盛旅籠に鞍替えをすることで、商いが盛り返したのです。吉之助のために必死でした……」

「もちろん、只ではなかったのだろう？」

「は、はい。毎月、いくばくかの金を納めていました」

吉左衛門が、平旅籠から飯盛旅籠に変えた裏には、暁党の存在があったというわけだ。色々と手引きをして恩を売り、自分たちの定宿《じょうやど》とした上に、その間を抜いて資金にしていた。

なかなか上手いやり方だ。

「お華が紅屋に来たのも、暁党の連中の手引きということだな」

「へ、へい」

吉左衛門が項垂れながら返事をした。

恭一郎に己が罪を被せた挙げ句、その妹を飯盛旅籠に売り飛ばす。果ては、それを殺してしまうとは——外道にも劣る連中だ。

「どうして黙っていた？」

浮雲が吉左衛門に問う。

「い、言えるはずなどありません。言えば、私の方が殺されます……」

吉左衛門が力なく首を左右に振る。

立場からして、吉左衛門に口出しなどできなかっただろう。ただ、言われるままに動くしかなかった。

「なぜ、藤十郎たちは、お華を殺した？」

「詳しいことは、私にも分かりません。ただ、知ってはならないことを知ったからだ——と」

「お華を殺したあと、その死体をどうした？」

「も、燃やして埋めました……」

「どこにだ？」

「川沿いの廃寺の境内です。うち捨てておくのは、あまりに憐れです。廃墟になったとはいえ、せめて寺の境内に——と」

吉左衛門は、目に涙を滲ませながら言う。

浮雲は、それを蔑んだ目で見下ろした。

「言ったはずだ。おれの眼は、嘘を見抜く――と」

「え？」

吉左衛門が顔を上げる。

「お前たちが死体を焼いて埋めたのは、お華が死んだことを隠すためだろ？」

「…………」

「自分で死体を埋めておいて、何喰わぬ顔で捜すふりをした。そうやって、自分の罪を覆い隠したばかりでなく、お華を慕っていた吉之助を誤魔化したのだろう？」

「そ、それは……」

「もし、吉之助を助けたいと思うなら、明日にでも番屋に行って、今の話を洗いざらい喋ることだ」

「い、いや、しかしそれでは……」

「できぬと言うのか？」

浮雲が、赤い双眸でぎろりと睨む。

「もし、喋ったことが分かれば、私は殺されてしまいます。そうなれば吉之助が……」

「そうやって、また吉之助のせいにするのか？」

「い、いや、私は……」

「お前は吉之助を言い訳に、楽な方に逃げ続けてきた。だが、それは言い訳に過ぎない。お前は吉之助ではなく、己の保身のみを考えてきたんだ」

「…………」

「だから、お華は吉之助に憑依したんだよ。お前が、覚悟を決めて罪を償わなければ、お華は、これからも吉之助に憑依し続ける」

「…………」

「言ったはずだ。幽霊を祓えば、お前は全てを失う――と」

「…………」

「さあ。自分で決めろ。お前は、吉之助のために何をする？」

浮雲が金剛杖で畳を突く。

吉左衛門は、畳をじっと見つめたまましばらく動かなかった。どれくらい、時間が経ったのだろう――。

吉左衛門が、静かに顔を上げた。

「番屋で全てをお話しします」

これまでとはうって変わって、はっきりとした調子で吉左衛門が言った。

それが、本心から出た言葉であることは、わざわざ確かめるまでもなく、その目を見れば分かる。

吉左衛門の言葉に満足したのか、浮雲は改めて吉之助の傍らに立った。

「お華よ。聞いたか。これで、お前の無念は晴らされた」

浮雲が、金剛杖で畳を突きながら、声高らかに言う。

吉之助が、ゆっくりと起き上がる。

「あぎぐぇ……」

吉之助は呻くように言いながら、浮雲にすがりついて来る。

「分かっている。お前の兄のことも、おれが引き受ける。これ以上、ここに留まれば、お前はこの子を殺すことになるぞ。母と慕ったこの子に罪はない――」

「ごぼがぁ……」

「分かった。安心して逝《い》け――」

これまでとは違い、浮雲の声には、慈しむような優しい響きがあった。

やがて、吉之助の身体からふっと力が抜けるのが分かった。

浮雲はそんな吉之助を抱き留める。

吉之助の懐から、ぽろりと何かが落ちた。それは、赤い彼岸花の模様があしらわれた櫛だった。

浮雲は、吉之助をその場に寝かせると、その櫛を拾い上げる。

「お前の想い。確かに受け取った」

そう呟いた浮雲は、何かを追いかけるように宙に視線を漂わせていたが、やがてふうっとため息を吐いた。

「お華の霊は逝ったよ」

そう言った浮雲の赤い眼には、薄く涙の膜が張っているように見えた。

「終わったのか？」

才谷が、呆然とした表情で訊ねてきた。

「ええ。多分――」

歳三には、確かめる術はないが、お華の霊は吉之助の身体を離れたはずだ。これで、当初の目的は果たした。

だが――。

まだ、事件は終わっていない。

四

「凄いもんだな――」

感嘆の声を上げたのは、才谷だった。

吉之助の除霊を終えたあと、浮雲の部屋で再び顔を突き合わせることになった。玉藻だけは、あの部屋に残り、お宮と一緒に吉之助を介抱している。

才谷は、初めて、浮雲の除霊を目の当たりにして興奮しているようだ。気持ちは分からないでもない。

「何も凄くはないさ」

浮雲は、ぶっきらぼうに答えると、盃の酒を啜るように呑んだ。

「いやいや。謙遜《けんそん》することはない。正直、おれは少しばかり疑っていたんだ。酒ばかり呑んでいて、除霊などする気のない偽者ではないかとすら思っていた」

才谷が、がははっと声を上げて笑う。

まあ、普段の立ち振る舞いを見ていれば、そう思われても文句は言えないだろう。

「おれだって、やるときはやるさ」

「すまん。すまん。しかし、まだよく分からんのだが、いったい、どうやって幽霊を祓ったんだ？　最初に九字を切っただろ。あれが効いたということか？」

才谷は、興奮気味に質問を重ねる。好奇心が旺盛《おうせい》なのだろう。

だが、浮雲はいささかうんざりした様子だ。仕方なく、歳三が代わりに説明することになった。

「あれは見せかけですよ。それっぽく見せるための」

「そうなのか？」

「ええ。この男の除霊は、他とは少しばかり変わっていましてね。幽霊が彷徨っているのは、何かしらの原因がある。だから、その原因を見つけ出し、それを取り除いてやるのです」

「ほう。つまりは、幽霊と交渉していたというわけか」

「そんなところです」

「して、その赤い眼は修行の賜《たまもの》か？」

才谷が、好奇心のままに浮雲の両眼をまじまじと見つめる。

その赤い眼を、奇異の視線で見られることを嫌う浮雲だが、才谷のように、あからさまな好奇の視線というのも、居心地が悪そうだ。

「生まれながらのものです。瞳が赤いせいかどうかは分かりませんが、この男は、幽霊を見ることができるのです」

「なるほど！　だから、お華を説得することができたのか！」

才谷が、納得したという風に、ぽんっと膝を打った。

浮雲はいたたまれなくなったのか、赤い布を巻いて再びその双眸を隠してしまった。

「どうして隠す？　いい色ではないか」

才谷が言う。

「物珍しがって、見世物にされるのが嫌なんだよ」

浮雲は突き放すように言うと、ようやく才谷は興奮し過ぎていることに気付いたらしく、「失敬」と自らの後頭部をペチンと叩いた。

「さて――問題はこれからですね」

一段落ついたところで、歳三はそう切り出した。

吉之助の一件は片付いた。だが、それで終わりではない。まだまだ、解決しなければならないことが山積みなのだ。

「お華を殺したのが、藤十郎というのは、本当なのだろうか？」

才谷が居住まいを正し、問い掛けてきた。

「いや。吉左衛門は、たち——という言い方をした。藤十郎が単独でやったのではなく、暁党の連中という意味だろう。藤十郎の名を挙げたのは、既に死んでいるからさ。報復を恐れて、生きている者の名を挙げなかったんだ」

浮雲が苦い顔で言う。

「流石、ちゃらんぽらんなようで、よく話を聞いている」

才谷は感嘆しているようだが、別に驚くほどのことではない。

あの除霊は、単に吉之助に憑依していたお華の幽霊を祓うのが目的ではなく、吉左衛門の知っていることを、洗いざらい喋らせることの方に重きを置いていた。

「しかし、どうしてお華を殺したんだ？」

才谷が、分からんという風に腕組みをして唸る。

「吉左衛門が言っていたように、知ってはいけないことを知ってしまったということなのだろうな」

浮雲が盃の酒をぐいっと呷る。

「だからって、殺すことはなかろう」

「連中は強硬派だったんだ。意見書を出すくらいなら、別に大したことではないが、要人の暗殺だったりすると、話は別だ。そんな計画を知られたとあっちゃ、生かしておくことはできんだろうな」

「まあ、そうかもしれんな……」

才谷は、消沈したように俯いてしまった。

友人だと思っていた男が、女中を殺すような非道な男だったと知り、落胆しているのだろうが、同時に昨今の世相についても思いを馳《は》せているに違いない。

「もう一つ分からないことがある」

しばらく黙っていた才谷だったが、不意に顔を上げた。

「何だ？」

「吉左衛門は、お華が死んだことは知っていたが、床下にその遺骨があることは、分かっていなかったのだろう？」

「ああ。そうだ」

「そうなると、お華の遺骨は、別の誰かが座敷牢の床下に移したということになる。いったい誰がそんなことを？　そもそも、そんなことをする目的は何だ？」

「だいたいの見当は付いているさ」

浮雲は舌打ち混じりに言うと、苛立たしげに髪をがりがりとかき回した。

「誰だ？」

才谷が、ずいっと浮雲に詰め寄る。

浮雲は苦い顔を浮かべつつ「歳」と話をこちらに振ってきた。やはり、面倒なことは、全部他人任せにするつもりらしい。

「この前、お話しした呪術師の狩野遊山だと思います」

歳三が言うと、才谷は首を傾げた。

「なぜ、呪術師が遺骨を移したりしたんだ？」

「呪いをかけるためでしょうね」

「遺骨を移すことが、呪いをかけることになるのか？」

「ええ。死んだ人間の遺骨を掘り起こすというのは、眠っていた幽霊を呼び覚ます行為でもあるんです。廃寺に埋められていたお華の遺骨を掘り起こし、それを紅屋に移すことで、怪異を引き起こしていたんです」

「な、何と……」

「狩野遊山とは、そういう男なのです」

「死んだ人間まで利用するとは、益々許せん男だな」

「ええ。おそらく、恭一郎もまた、狩野遊山にそそのかされ、復讐にとり憑かれたのだと思います」

「早急に、恭一郎を捕らえねばならんな」

才谷が力強く言う。

その表情を見る限り、藤十郎の仇討ちを望んでいるのではなく、復讐に囚われた恭一郎を、救ってやりたいと願っているように見えた。

「そうだな。急がないと、大変なことになるかもしれない」

浮雲も同意の返事をする。しかし――。

「そんなに急ぐ必要がありますか？　お華の霊を祓ったなら、これまでと同じ方法は使えないはずです」

一人ずつ宿から誘《おび》き出し、それを斬り捨てるという、これまでのやり方ができないとなれば、恭一郎も自由に動けないはずだ。

「だといいがな……」

浮雲が、含みを持たせた言い方をする。

「どういう意味ですか？」

「奴は——恭一郎は、次第に正気を失っている。このままいけば、見境がなくなるだろうよ」

「どうして、そう思うのです？」

「廃寺で斬られた幸四郎。状況から考えて、あれは恭一郎の仕業だ」

「そうですね」

「これまでは、あくまで怪異に見せかけて殺していた。犯行を隠す冷静さを持っていた。ところが、今はそれが無くなっている。復讐のためなら、手段を選ばないといった感じだ」

言われてみれば、その通りだ。

妖怪の仕業に見せかけたいなら、あの場で斬るべきではなかった。だが、恭一郎は斬ってしまった。

それだけ、冷静さを失っているということだ。

このままでは、やがて無関係の人を斬り殺しかねない——浮雲は、それを心配しているのだ。

「そうなると、早々に恭一郎を捕らえる必要がありそうですね」

「それが、お華との約束だ」

いつになく力強い口調で、浮雲が答えた。

——なるほど。

さっき、お華の霊を祓うとき、そういう約束のもとで説得したということのようだ。

そこまで考えたところで、歳三は妙な違和感を覚えた。

お華は、恭一郎と結託して、自らの復讐を果たしていたはずだ。それが、どうして、浮雲の言葉に応じたのか？

「だが、肝心の恭一郎がどこにいるのか分からんのではな……」

才谷が呻くように言った。

「居場所は分からんが、手が無いわけではない」

浮雲がにっと口許に笑みを浮かべた。

「ほう。どんな手です？」

歳三が訊ねると、浮雲はわずかに視線を天井に向けた。

「恭一郎を捕まえる必要はない。奴の復讐は、まだ終わっていない」

——なるほど。

恭一郎を捜し出すのは困難だが、暁党の連中ならどうにかなる。そちらを見つけ出し、網を張ろうということのようだ。

何れにせよ、解決にはまだ時間がかかりそうだ。

五

部屋に戻った歳三は、あぐらをかきつつ考えを巡らせる。

恭一郎を見つけるために、暁党の連中の方を見つけ出すという考えは、悪くない。一人を捜し出すより、つるんで動いている連中を捜す方が容易い。

吉左衛門は、既に落ちている。追及すれば、潜伏先くらいは知っているかもしれない。

ただ、それを自分たちがやる必要があるのか？　とは思う。浮雲と才谷は、妙な使命感に駆られているが、既に吉之助に憑依しているお華の霊は祓い、当初の目的は果たしている。

そのあと、どうなろうと知ったことではない。

あとは、好きに殺し合えばいい。

だが――それは浮雲が許さないだろう。

最初は、嫌々かかわっていた癖に、今では誰よりも事件にのめり込んでいるように見える。

浮雲は、やることなすこと、一々素直じゃない。もったいつけるように、自分の考えを語らないばかりか、本当は情に厚い癖に、やたらとそれを隠そうとする。

幽霊を見ることができる、赤い双眸にしてもそうだ。

多少は驚かれるだろうが、その程度だ。にもかかわらず、わざわざ墨で眼を描いた赤い布を両眼に巻き、その双眸を隠している。

何より厄介なのは、相手が誰であれ、人の命を重んじるところだ。

人を殺めるような悪党は、因果応報、斬られて当然だと思うのだが、そういう悪党であっても、殺すことを躊躇う。

それは、自らの命を危険に晒す行為でもある。相手は、こちらの命など重んじてくれないのだから。

一緒に行動するだけで、色々やり難い。

そこまで考えたところで、歳三は思わず笑ってしまった。

自分が滑稽に思えたからだ。そんな風に思っている癖に、歳三は誰に頼まれるでもなく、浮雲と一緒に旅をしている。

——なぜだ?

自分でも分からなかった。

ふと、襖の向こうに人の気配を感じ、歳三は思考を止めた。

「誰だ?」

歳三が問うと、すっと襖が開いた。

千代だった——。

飯盛旅籠の女中として、床の相手をしに来たのだろう。

「悪いが、今日はそういう気分ではない」

一昨晩のことが脳裏を過ぎる。

欲望が膨らまないと言ったら嘘になる。が、やはり今は、千代と床を共にする気にはなれなかった。

疎ましいと思っているわけではない。千代といると、どうも心の底を見透かされているようで、気分が落ち着かなくなる。

自分が自分でなくなる気がして嫌なのだ。

「そうですか。では――」

襖を閉めかけた千代だったが、途中で手を止めた。

何かを言いたそうに、こちらを見ている。

「何だ？」

歳三が問うと、千代は覚悟を決めたように、すすっと部屋の中に入って来た。

「お華さんの遺骨を見つけて下さったのですね。ありがとうございます」

――どうしてそのことを知っている？

考えたのは一瞬だった。吉之助の除霊をするのに、あれだけ大騒ぎをしたのだ。知っていて当然だ。

「親しかったのか？」

わざわざ礼を言うということは、お華に何かしらの思い入れがあったからなのだろう。

「はい。来たばかりの頃、とても良くして頂きました」

「そうか」

「これで線香を手向けることができます」

千代の話を聞きながら、歳三は引っかかりを覚えた。

「お前は、お華が死んでいることを、知っていたのか？」

「はい」

「どうしてだ？」

「見ていましたから――」

千代が無表情に言った。

「見ていただと？」

「はい。旦那様がお華さんを呼び出し、お侍様たちがそれを斬り付けるところを、この目で見ておりました」

静かに言いながら、千代は布の巻かれた左目に手を当てた。

白い指先が、僅かに震えているように見える。

「見ていながら、助けなかったのか？」

「そういう疑問を抱くのは、あなたに力があるからです」

「何？」

「私は、剣が使えるわけではありません。助けたくても、何もできません」

千代が首を左右に振った。

まさにその通りだ。自分の考えを押しつけてしまった。現場には、吉左衛門だけではなく、暁党の武士までいたのだ。

千代一人が出て行ったところで、どうなるものでもない。返り討ちにされるのが落ちだ。助けられなかったことは分かるが、同時に別の疑問が浮かんだ。

「なぜ、それを知っていながら、この旅籠に留まり続けた？」

千代がお華が殺される場面を見ていたのだとしたら、次は我が身だと考えるのが普通だ。逃げ出したくもなるだろう。

――それなのになぜ？

「私のように売られた女には、逃げる場所などありません」

「場所など、自分で作ればいいだろう」

歳三が言うと、千代はふっと笑みを零した。

「あなたは、何も分かっていらっしゃらないのですね」

「何だと？」

子ども扱いされた気がして、少しだけ腹が立った。

「自分で場所を作るなど、それこそ力のある人の言うことです。私のような女は、ただ流されるままに生きるしかないのです。売られた女は、人ではなく、物なのですから、何があろうと、じっと黙って主に従うだけです」

千代は淡々と言った。

水が水であるように、さも当然のように語る。が、それが余計に悲しく、憐れであるように感じられた。

確かに、お華を助けることはできなかったかもしれないが、ここから逃げ出すことはできたはずだ。

「力などなくても、自分で自分の道を選べるはずだ」

歳三が告げると、千代は呆けたように口を半開きにした。

やがて、小さく頭を振った。

「おかしなことを言う方ですね」

「何がおかしい？」

「人は、生き方など選べません。ただ、流されるしかないのです」

「それは思い込みだ」

「では――どうして、あなたは、自分で選ばないのですか？」

「何？」

「今のあなたは、とても窮屈そうです。周囲が望む仮面を被り、それを演じている。まるで狂言です」

「おれは……」

「違うと言い切れますか？　あなた自身が、望むように生きているとは思えません」

言い返そうとしたが、言葉が出なかった。

千代が正しいことを分かっているからだろう。歳三は無理をしている。抑え付けている。自分の中にある狂気から目を背けている。

だから、浮雲と一緒にいるのだろう。

あの男と共にいれば、ぎりぎりのところで、歳三を止めてくれると知っているのだ。

だが、なぜ止めようとしているのか？

思うように生きたいなら、心の底にある狂気を解き放てばいいのに、いったい何を恐れているのか？

「今は、おれの話をしているのではない。お前の――千代の話をしているのだ」

歳三は、逃げ口上だと思いながらもそう言った。

「私も、あなたも同じです。望むように生きることなどできません。ただ、流されていくしかないのです」

「抗うことだってできよう」

「いいえ。私にはできません。あなたが私を――」

千代は、そこまで言って口を閉ざした。

先が気になる。何を言おうとしているのだ？　歳三は言葉を待ったが、千代は、それ以上、何も言うことなく、すっと立ち上がり部屋を出て行こうとする。

「待て。何を言いかけた」

「何でもありません」

「何でもなくはないだろう。お前は、何かを言いかけた。それは何だ？」

「忘れて下さい」

「どうしてだ？」

「意味のないことだからです。訊ねるまでもなく、答えが分かってしまったのです。だから、もういいのです」

そう言って、千代は僅かに目を伏せた。

長い睫が、僅かに濡れているように見えた。感情の薄い女だと思っていたが、存外、それは歳三の思い違いだったのかもしれない。

「教えてくれ。何を言おうとした」

歳三は、千代が何を言おうとしたのか、それを知りたいという欲求を抑えることができなかった。

千代は、一瞬だけ天井に目を遣り、諦めたように小さくため息を吐いたあと、改めて歳三に目を向けた。

「そこまで仰るなら——私と一緒に、ここから逃げて下さいますか？」

——千代と一緒に逃げる？

そんなことは、考えもしなかった。だが、千代からしてみれば、至極当然の問いなのだろう。

もし、千代に望むように生きろと言うなら、誰かがそれを守ってやらねばならない。

その覚悟がないなら、余計な口を挟むな——そう言っているのだ。

「おれは……」

千代を連れ、旅を続ける生活を想像した。

この女となら、どこに行こうと、やっていける気がした。歳三のことを、怯えた狼だと言った
千代となら、自分を隠す必要がない。

臆病で、弱い男として、何ものにも縛られず、生きていくことができるだろう。

ただ、どうしても言葉にすることができなかった。

「やはり、意味のないことでしたね――」

答えの出せない歳三を残し、千代は音もなく部屋を出て行った。

何だか身体の力が抜けてしまった。

六

みし――。

床を踏む音で、歳三は目を覚ました。

しばらく、布団に横になり、千代との会話を反芻していたのだが、いつの間にか眠ってしまっ
ていたようだ。

瞼を開け、じっと耳を澄ます。

みしっ――。

誰かが廊下を歩いているようだ。そのまま、通り過ぎるのかと思ったが、足音は歳三の部屋の前で止まった。

すうっと襖が開く音がした。

歳三は眠ったふりをしつつ様子を窺う。

微かに香の香りがした。

――女か？

この香の香りは、千代ともお宮とも違う。別の誰かだ。

歳三は、布団の脇に置いてあった仕込み刀を手に取り、がばっと起き上がった。

部屋の中には、一人の女が立っていた。

女は、驚くでもなく、ゆっくりと顔を上げ、にたっと笑ってみせた。

口の端からは、ちろちろと火が漏れている。

顔に見覚えがあった。

「お華か？」

歳三は問う。

お華の幽霊は、返事をする代わりに、ひひひひっ――と奇妙な笑い声を上げる。

浮雲によって祓われたはずだ。いや、そうではない。浮雲は、吉之助に憑依しているのを落としただけで、幽霊そのものを消し去ったわけではない。

だから、こうして、歳三の目の前に姿を現わしたのだろう。

「あなたの恨みは分かります。しかし、このようなことを続けても、意味はありませんよ」

歳三が告げると、お華の幽霊は、獣が威嚇するように、しゃーっと喉を鳴らした。

「連れていく。火車がお前ら罪人を連れていく――」

お華の幽霊が、歳三を睨み付けながら言う。

「この期に及んで、まだ火車を名乗るか」

歳三が仕込み刀を構えると、お華の幽霊は急に背中を向け、脱兎の如く駆け出し、部屋を出ていった。

「待て！」

歳三は、すぐにお華の背中を追いかける。

足には自信がある。すぐに追いついて、捕まえることもできるが、敢えてそうはしなかった。

お華が向かおうとしているのは、おそらく兄である恭一郎の許だろう。

だとすれば、このまま追いかけていれば、捜そうとしていた恭一郎を見つけることができる。

それに、あれがお華の幽霊だとするなら、生きた人間である歳三には捕まえることなどできない。

一定の距離を空け、お華の後ろ姿を追う。

お華は、ただひたすらに声を上げて笑い続ける。それは、狂気に満ちているようであり、同時に悲しげでもあった。

こんな風に感じるのは、千代の話を聞いたあとだからだろう。

お華もまた、千代と同じように、生き方を選ぶことができなかった。兄のせいで、武家の娘であったにもかかわらず、飯盛女に身を落とし、過酷な労働を強いられることになった。

その挙げ句、殺されたのだ――。

その心中は、耐え難い苦しみと怒りに満ちているはずだ。お華が、復讐を企てたとしても、それは無理からぬことだ。

ならば、いっそ、このまま好きにさせてやった方がいいのではないか――。

柄《がら》にもなく、他人に感情移入している自分に驚いた。これもまた、きっと千代のせいだ。あの女のせいで、どうにも調子が狂っている。

いや、千代ばかりではない。才谷の存在もまた、歳三を惑わせている。

――今は止そう。

歳三は、雑念を振り払ってお華の背中を追いかけた。

お華の幽霊は、東海道を真っ直ぐ進み、六郷の渡しに向かっているように見える。

いや、そうではない。おそらく、お華の幽霊が向かっているのは、あの廃寺なのだろう。

予想した通り、お華は廃寺の山門を潜り、境内に入っていった。

歳三もその後を追う。

月の明かりに照らされて、境内に咲き誇った彼岸花が、異様な赤さを放っていた。

それはまるで――。

燃え盛る炎のようだった――。

お華は本堂の前で足を止め、歳三の方を振り返った。

視線がぶつかる。

お華は、吊り上がった目で歳三を一瞥したあと、何がおかしいのか、声を上げて笑い出した。

耳に絡みつく、不快な笑い声だった。

「どうして笑う?」

歳三が問うと、お華はピタッと笑うのを止め、ぬらぬらとした舌で、自分の唇を舐め回した。

「あんたも死ぬよ。殺される。斬られる。血がぴゅーっと噴き出て。綺麗だなぁ」

お華が恍惚とした表情で言う。

――いったい何の話だ?

そう思った刹那、歳三は背後に何者かが立つ気配を感じ、素速く反転して仕込み刀を構える。

一人の男が立っていた。

大きな木の脇――一際影の濃い場所から、じっと歳三に鋭い視線を送っている。

離れているので顔は見えない。

だが、それでも、廃寺で歳三たちを襲った武士たちとは違うことが分かる。右手に刀を携え佇むその姿は――まるで修羅のようだった。

「出て来い」

歳三が問うと、男が影の中から姿を現わした。

その顔に見覚えがあった。

「お前は――」

三郎の件で話を聞きに行った船頭――太助だった。

あのときは、人の好さそうな男という印象だったが、今、目の前にいる太助は、それとはまるで別人だった。

目は据わっていて、表情は氷のように冷たい。何より、強烈な殺気をそこら中に撒き散らしている。

歳三の見る目がないのか、或いは、太助が巧妙に本性を隠していたが故なのか――。

「あんたも、あいつらの仲間か？」

太助がそう問い掛けてくる。

押し殺した声だが、それでも憤怒の感情が漏れ出てくる。そうか。そうだったのか――と歳三はようやく得心する。

太助こそがお華の兄――恭一郎だったのだ。

船頭として働きながら、かつての仲間であった暁党の連中を監視し、復讐の機会を窺っていたのだろう。

船頭という仕事は、情報も入りやすく、監視するにもってこいだ。

暁党の連中も、まさか船頭として恭一郎が戻って来ているとは、夢にも思わなかったはずだ。

今になって思えば、太助は目深に笠を被っていた。

あれは、正体を気取られぬように、常にそうするようにしていたのだろう。

それだけではない。三郎は、恭一郎を強請ろうとして殺された。どうして、そんな大それたことを考えたのかが謎だった。だが、相手が船頭仲間の太助だと思ったからこそ、そうした行動に出たのだろう。

三郎が、火車の目撃者として選ばれたのも、恭一郎が船頭仲間の中から、適任者を選別した結果に違いない。

腕に巻いた包帯も、慣れない仕事で痛めたのではなく、追っ手に斬られた刀傷或いは、火傷の痕を隠すためだった。

「あいつらとは、誰のことです？」

歳三は問いを返しながらも、深呼吸して気持ちを整える。

恭一郎が相当な使い手であることは、その立ち姿から分かる。正面から斬り合って、勝てるかどうか怪しいところだ。

それこそ、殺さないように手加減している余裕など微塵《みじん》もない。一瞬でも気を緩めれば、殺されるのは歳三の方だ。

「惚けるということは、お前も仲間ということだな」

恭一郎がじりっと間合いを詰める。

「私は無関係だと言ったら、信じてくれますか？」

「そうやって、どいつもこいつも……嘘ばっかりだ！　約束したはずだ！　くれぐれもお華のことを頼むと！　それなのに、お前らは裏切った！」

「少し落ち着いて下さい」

「黙れ！　おれが何のために、お前らの罪を被ったと思ってる！　てめぇらは、大義だ何だと綺麗事を並べて、結局は、自分のことばかりだ！」

今の言い様――。

やはり恭一郎は、仲間を庇って殺人の罪を被り、逃亡者となる道を選んだのだろう。仲間のために、大義のために、その身を捧げたのだ。

にもかかわらず、刺客を放たれ、口封じのために殺されかけた。

くれぐれも――と頼んだはずのお華は、飯盛旅籠に売られた挙げ句、秘密を知ったからと殺されたのだ。

それを知ったときの恭一郎の絶望は、計り知れないものだったのだろう。

「あなたは……」

「黙れ！　お前も仲間なのだろ！　だから、色々と嗅ぎ回っていたんだ！」

――ああ。そういうことか。

歳三たちは、事件について色々と調べていた。太助を名乗っていた恭一郎にも話を聞いた。そのことが、誤解を招いてしまった。

先刻、廃寺の本堂に居合わせてしまったことも、恭一郎の疑念を深めることになったのだろう。

「話を聞いて下さい」

「嘘吐きめが！　地獄で妹に詫びろ！」

恭一郎は、赤く染め上げられた鞘から刀を抜き放った。

月夜に輝く刀身は冷たい光を宿していた。

恭一郎の目もまた、冷たかった。

浮雲が言っていたように、恭一郎は、もう冷静な判断ができないところまで堕ちてしまっているのだろう。

復讐に魅入《みい》られ、修羅と化したのだ。

こうなってしまっては、いくら説得を試みたところで聞く耳は持たないだろう。

ならば――。

いっそ斬ってやった方が、恭一郎のためなのだろう。

ただ、少しばかり分が悪い。歳三が持っている仕込み刀では、まともに斬り合うことができない。

こんなことなら、ちゃんとした武器を用意しておくべきだった。

「えぇい！」

恭一郎は、掛け声とともに素速く間合いを詰めると、横一文字に刀を振るう。彼岸花が宙を舞った。

身体を柳のようにしならせ、放たれた刀は、速く、そして美しかった。

歳三は、何とか身体を反らせて躱したものの、危うく首と胴体が真っ二つになるところだった。

――これは、かなり不味いな。

仕込み刀を抜いた歳三の口許に、自然と笑みが浮かんだ。

自分が殺されるかもしれない。その状況を歳三は楽しんでいた。恐怖がないと言ったら嘘になる。

むしろ、その恐怖が、身体を芯から震わせ、血を滾らせる。

千代の言っていたように、歳三は窮屈に生きているのかもしれない。こうやって、命を取り合うことこそ、歳三の求める世界である気がした。

「やぁ！」

恭一郎は、一歩踏み込み、鋭い突きを繰り出して来る。

歳三は、半身になりながらそれを捌くと、素速く逆袈裟に斬り上げた。

が、恭一郎は飛び退くようにしてそれを躱す。

やはり、仕込み刀の刀身の短さが仇になった。刀だったら、手傷を負わすことができたというのに——。

恭一郎は、すぐに体勢を整えると、袈裟斬りから横一文字に。そして返す刀で逆袈裟と連続して斬りかかって来る。

素速く移動しながら、恭一郎の刀をかいくぐりつつも歳三は、隙を狙って恭一郎の間合いに飛び込もうとした。

だが——。

そのとき、何かに足を取られた。

見ると、お華の幽霊が歳三の足にしがみついている。

——しまった。

恭一郎は、真っ向から歳三に斬りかかって来る。

何とか仕込み刀で切り結んだが、その瞬間、甲高い音とともに刀身が真っ二つに折れてしまった。

これで武器を無くしたも同然だ。

「死ねぇ！」

恭一郎が、再び刀を上段に構え、真っ直ぐ斬り下ろして来る。

「歳！」

叫ぶ声がした。

目を向けると、浮雲の姿があった。その手には刀が握られている。

歳三は、足許のお華を蹴ってその腕から逃れつつ、後方に飛び退くようにして恭一郎の刀を躱す。

浮雲が、歳三に鞘に入ったままの刀を投げて寄越した。

歳三は刀を受け取り、改めて恭一郎と対峙する。

久しぶりに握る刀の柄の感触が、何とも心地良かった。腹の底から熱が湧き上がってくる。

「何を笑っている？」

「なぜでしょうね。私にも分かりません」

いや、本当は分かっている。

嬉しいのだ。人を斬れることが――。

ああ――。

狂っているのは、恭一郎ではなく歳三の方かもしれない。

恭一郎は、復讐という目的を持っている。人を斬ることは、手段に過ぎない。

一方の歳三は、目的もなく人を斬ろうとしている。

もし、恭一郎が修羅なのだとしたら、歳三はいったい何なのだろう？

足許の彼岸花が、さらに赤味を増したようだった。

「刀を手にしたからといって、勝てると思うなよ」

恭一郎が睨んでくる。

「さて、それはどうでしょう」

「全員斬り殺してやる」

恭一郎が上段に構えた。

もう考えるのは止めよう。理由などどうでもいい。ただ、目の前の男を斬るのみ――。

「土方歳三、参る――」

歳三が言い終わるや否や、恭一郎が真っ向から斬りかかって来た。

速い。

――だが、おれの方が速い。

歳三は大きく踏み込み、抜刀しながら恭一郎の腹を横一文字に薙《な》いだ。

一瞬の静寂のあと、恭一郎がゆっくりと倒れた。

七

「よく、ここが分かりましたね」

歳三は、足許に倒れている恭一郎を見下ろしながら言う。

「あの勢いで部屋を飛び出したんだ。嫌でも起きるさ」

歩み寄って来た浮雲が、笑みを浮かべながら答えた。

まあ、そんなことだろうとは思っていた。浮雲には、何も伝えずに出て来たが、物音を聞き、駆けつけてくれたということのようだ。

「助かりました」

「気にするな」

浮雲がそう答えたところで、倒れている恭一郎が、ううっと呻いた。

まだ生きている。それはそうだ。浮雲が投げて寄越したのは、刃引《はび》きの刀だ。骨くらい折れただろうが、死ぬことはない。

斬ったときの手応えで、歳三はそれに気付いた。

「こんな物、どこから？」

歳三は、刀を浮雲に返しながら問う。

「梅さんのだ」

その返答を聞き、納得すると同時に、思わず笑ってしまった。

才谷らしい。あの男は、端から人を斬る気がないのだ。だから、普段から刃引きの刀を挿しているのだろう。

「お前ら……許さん……」

倒れていた恭一郎が、ゆらゆらと起き上がった。

まだ痛みも残っているはずだ。それでも、憤怒が恭一郎を突き動かしているのだろう。

「もう止めておけ。妹も、そんなことは望んでいない」

浮雲が、恭一郎の前に立ち塞がりながら言う。その口調は、慈しむような柔らかさがあった。

「巫山戯るな！　妹は、殺されたんだぞ！　あの外道どもに！」

「確かにそうだな。あの連中は外道だ。世話を任されていたにもかかわらず、お華を紅屋に売ったばかりか、自分たちの計画を知られてしまった口封じに、殺しちまったんだ。下衆どもだよ」

浮雲は吐き捨てるように言った。

「ならば……」

「だが、てめぇも同じ穴の狢《むじな》だろうが！」

大喝した浮雲の声が、闇夜に響き渡った。

「ち、違う……」

「何がどう違う？　お前だって、大義のためだと能書き垂れて、人の命を奪う算段をしてきたんだろうが！」

浮雲は、両眼を覆っていた赤い布を外し、その赤い双眸を晒した。

月夜に輝く赤い瞳を目にし、恭一郎がおののいた。

「…………」

「そうやって、他人の命を奪っておいて、いざ矛先が自分と妹に向けられた途端、許せなくなるってのは、どういう了見だ？」

「ぐぬっ……」

「お前らは、大義という名目で、全てを正当化させちまうが、人の命を奪うってのは、そういうことなんだよ」

浮雲が、恭一郎の襟首を摑み、ぐいっと自分の方に引き寄せた。その赤い瞳に呑まれ、恭一郎の目から狂気の色が薄れていく。

「…………」

「本当に妹が大事なら、倒幕だ何だと下らねぇこと言ってねぇで、日々を生きれば良かったんだ。妹が死んだのは、お前のせいだ――」

浮雲の言葉が、恭一郎の胸を貫いたのだろう。力なく、恭一郎が頭を垂れる。

「おれは……」

「それに、お前の妹は復讐なんざ望んでねぇ」

「え？」

「おれのこの赤い眼は、死んだ人間の魂が見えるんだよ。お華は、今もそこを彷徨っている」

浮雲は突き放すように、恭一郎から手を離した。

恭一郎は、さっきまでの威勢を失っていて、よたよたと後退る。

「お、お華……」

「お華は、飯盛女として働きながらも、お前の無実を信じ、生きていると願い、苦痛に耐えながら生きていたんだ」

「お、おれは……」

「それなのに、お前は復讐にとり憑かれて修羅となった。それを見たときの、お華の気持ちが分かるか？」

そうか——。

だから、お華は吉之助に憑依したのだ。取り殺そうとしたのではなく、恭一郎を止めようとしていたのだ。

今になって思えば、浮雲は最初からお華が、何かを止めようとしていると言っていた。

そんなお華に同情して、此度の依頼を引き受けたのだ。

「お前にも見えるだろ。お華の姿が——」

浮雲は、そう言いながら廃寺の本堂に目を向けた。

恭一郎も釣られて視線を向ける。

「お、お華……」

恭一郎の目が溢れんばかりに見開かれた。

歳三には何も見えない。だが、浮雲には――そして恭一郎には、そこに佇むお華の幽霊が見えているのだろう。

「もし、お華に少しでも悪いと思っているなら、弔ってやることだ――」

浮雲は、そう言いながら、彼岸花の絵が描かれた櫛を恭一郎に差し出した。吉之助が持っていたものだ。

おそらく、あれはお華の櫛だ。

恭一郎は震える手で櫛を受け取ると、それを自らの胸に強く押しつけた。

「すまねぇ……お華……」

掠れた声で呟いたあと、恭一郎はその場に頽れ、声を上げて泣き始めた。

それを見て同情する気にはなれなかった。自業自得。因果が回ってきただけなのだ。理由はどうあれ、人を殺めるということは、そういうことだ。

恭一郎は、その覚悟もなく、倒幕の思想にかぶれ、大義という名目の下、他人の命に無頓着になっていったのだ。

「おぉ。二人とも無事だったか」

場違いなほど陽気な声を上げながら駆け寄って来たのは、才谷だった。

「才谷さんの刀のお陰で、助かりました」

歳三が礼を言うと、才谷は「いやいや」と首を振る。

「おれは何もしてない。お前さんが、出て行ったことすら気付かなかったんだからな。本当に情けない」

申し訳無さそうに頭を下げる才谷は、襦袢姿だった。歳三は、思わず笑ってしまった。

もしかしたら、時代を変えていくのは、刃引きの刀を持ち歩く、才谷のような男なのかもしれない。

「畜生！　畜生！　おのれら全員、殺してやる！」

緩みかけた空気を断ち切るように、叫び声が響いた。

歳三の足を摑んだ女だった。ゆらりと立ち上がり、どこから持ち出したのか、刃物を持ってふーふーと荒い息をしている。

先端が短く、先細った独特の形状の刃物――。

「よくも、夫を奪ってくれたな！」

女は、刃物を構えて突進して来た。

浮雲は、ひらりと身を翻して女を躱すと、その後頭部を金剛杖で軽く打ち付けた。

意識を失ったらしく、女はぱたりと倒れたまま動かなくなった。

「この女は、お華ではありませんね」

歳三は、じっと女を見下ろしながら言った。

浮雲が「ああ」と小さく頷く。

さっきまでは、お華の幽霊だと思っていた。だが、足を掴まれたときに、そうではないと気付いた。

お華はもう死んでいる。幽霊であるなら、歳三の足を掴んで邪魔をするなどということはできないはずだ。

「お華でないなら、この女は何者だ？」

訊ねてきたのは才谷だった。

「畠の息子、喜八の妻だった女――蘭です」

歳三はそう答えた。

そうだと気付いたのは、ついさっきだ。

「し、しかし、蘭は死んだのではないのか？」

「今になって思い出すと、畠は蘭が死んだとは、一言も言っていないんです」

畠は、暁党に乗り込んだ蘭を助けに向かったという話をした。「そのときには蘭はもう……」と言葉を濁しただけで、死んだとは明言しなかった。歳三が勝手にそう解釈してしまったのだ。

おそらく、蘭はひどい目に遭わされたが、生きていたのだろう。

だから、畠はああいう言い方をしたのだ。

「そ、そうなのか？」

「ええ。驚くのは無理もありませんが、この女が蘭であることは間違いありません」

「おれは、てっきりこの女がお華だと思っていた……」

才谷が愕然として言う。

正直、歳三も同じ勘違いをしていた。

蘭のことを、お華だと思い込んでいたが、今になってみれば、引っかかるところは幾つもあった。

蘭が幽霊を演じていたとき、幾度となく「あの人を返せ」と言っていた。それは、殺された夫である喜八のことだったのだろう。

今更だが、他にも蘭だと示すものはあった。

手にしていた凶器は、小刀でも包丁でもなく、先端が短く先細った刃物だった。あれは、医療器具だ。

たぶん、喜八が使っていたものに違いない。

何より浮雲は、最初からお華と蘭を明確に分けて語っていた。幽霊が見える浮雲は、火車のことを口にする女が生きた人間であると、最初から分かっていたのだ。

「だが、あの女は口から火を噴いていたのだろう？」

才谷が、まだ納得できないらしく訊ねてくる。

「行灯の油に火を点けたのですよ」

女は、部屋に入ったあとに、行灯の油を舐めていた。そこに火を点ければ、口から炎を吐いたように見える。

「何のために？」

「演出ですよ。火車の仕業に見せかけるための――」

「そうだったのか。恭一郎と蘭――暁党に恨みを持つ者二人が共謀《きょうぼう》し、怪異に見せかけて復讐を果たしていたというわけか……やるせないな……」

才谷は悲しげにため息を吐いた。

これで、事件は終わった。

――いや。違う。まだ終わりではない。

この事件は、恭一郎と蘭の二人で計画されたものではない。それを裏から操った者がいる。

「そこにいるんだろ。さっさと出て来い！」

浮雲が半壊し、焼け焦げた寺の本堂に向かって叫ぶ。

「やはりお気付きでしたか――」

声とともに、闇の中から狩野遊山が歩み出て来た。

恭一郎と蘭を引き合わせたのは、狩野遊山に違いない。

幕府に与《くみ》する呪術師である狩野遊山は、倒幕の思想を持つ暁党を葬るために、二人の復讐心を利用したのだ。

今回の事件もまた、狩野遊山の呪いによるものだ。

「あれが噂の呪術師か？」

才谷が小声で訊ねてきた。

「ええ」

「あの男は危険だ……」

そう呟いた才谷の声が、僅かに震えていた。

狩野遊山の恐ろしさを肌で感じ取っているのだろう。

「相変わらず、卑怯な手を使いやがって。人を何だと思ってやがる！」

浮雲は、怒りを爆発させたが、狩野遊山はそれを笑みで返した。まるで動じていない。いや、怒る浮雲を見て、楽しんでいるのだろう。

「誤解をしていらっしゃいますね。私は、別に彼らをたぶらかしたわけではありません。ただ、復讐したいと思っているようでしたので、その手助けをしてあげたに過ぎません」

「戯《ざ》れ言《ごと》を！　何が手助けだ。破滅に追い込んだだけだろうが！」

浮雲が吠えたが、やはり狩野遊山は笑みを崩さない。

「あなたは、相も変わらず、潔癖な人ですね。誰もが、あなたのようにありたいと思っているでしょう。しかし——そういう時代ではないのですよ」

「何？」

「恭一郎は、捕まれば死罪は免れません。蘭も同じです。あなたたちのせいで、二人は後悔を抱えたまま処刑されるのですよ。今の時代、あなたのような潔癖さは、残酷でもあるのです。あなたのやったことは、ただの自己満足なのですよ」

「貴様！」

浮雲は、そのまま狩野遊山に飛びかかろうとする。

歳三は慌てて肩を摑んでそれを押し留めた。

怒りを覚える気持ちは分かるが、今ここで狩野遊山とやり合ったところで、どうなるものでもない。

それこそ、相手の思うつぼだ。

「ほう。あなたは冷静なのですね」

歳三に目を向けた狩野遊山が、感心したように声を上げる。

「ええ。まだあなたには、訊きたいことがありますから」

「何です？」

「どうして、お華の遺骨を紅屋の床下に置いたりしたのです？」

「あれを置いたのは、私ではありません」

「では、誰です？」

「留三さんですよ。吉左衛門の宿を潰したいのなら、この箱を床下に隠して下さいとお願いしたんです」

そういうことか——と納得する。

留三は、吉左衛門に対して、強い劣等感を持っていた。狩野遊山はそこを突き、留三を操りお華の遺骨を運ばせたというわけだ。

今になって思えば、留三が紅屋の心霊現象の解決を懇願したのは、その責任の一端が自分にあると分かっていたからなのだろう。

出来心で箱を置いたが、そのせいで人が死ぬほどの怪異が起きていると感じたということだ。

「なぜ、そんなことをしたのです？」

「暁党を潰すには、人を斬っただけでは駄目です」

「紅屋に怪異を引き起こし、紅屋そのものを潰すためだったというわけですね」

「ええ。まあ、他にも目的はありました」

「何です？」

「また、あなたたちに会いたいと思いましてね」

狩野遊山が、冷たい笑みを浮かべた。

歳三が葵屋を定宿にしていることを知っていた狩野遊山は、留三を巻き込むことで、やがては自分たちが怪異に首を突っ込むことを予測していたのだろう。

謀略に謀略を重ねる。何とも怖ろしい男だ。だが――。

「私たちがかかわったのでは、あなたにとって不都合ではないのですか？」

「ものは考えようです。あなたたちは、後始末をしてくれますから」

「恭一郎さんのことですか？」

「それだけではありません。きっと、これから、あなたたちは蜘蛛の糸を断ち切らなければならなくなります」

「蜘蛛の糸――」

――いったい何のことだ？

「そんな顔をせずとも、すぐに分かりますよ。今日のところは、この辺で失礼させて頂きます」

狩野遊山は、無防備に背中を向けた。

背後から斬り付けることも考えたが、止めておいた。背中を向けたからといって、油断するような男ではない。

狩野遊山は、闇に溶けるように歩き去っていった。

八

宿の部屋に戻って来たときには、空が白み始めていた――。

恭一郎と蘭の二人を番屋に引き渡していたせいで、かなり時間を食ってしまった。

今日は、本当に色々なことがあった。

疲弊していて、流石に身体が泥のように重く、口を開くのも億劫だった。それは、何も歳三に限ったことではなく、浮雲も同じだった。

盃を持ったまま、石のように固まっていて、ぴくりとも動かない。

才谷の前であるにもかかわらず、赤い双眸を隠そうとすらしていない。もう、そうした気力も残っていないのだろう。

正直、歳三自身、これほどの事件に発展するとは、思ってもみなかった。

よりにもよって狩野遊山のかかわっている事件に絡んでしまったのだ。ただ、全く予想していなかったわけではない。

浮雲と狩野遊山は、本人たちの意思に関係なく引き合ってしまう。切っても切り離せない因縁なのだろう。

「一つ、訊いてもいいか？」

沈黙を破るように切り出したのは、才谷だった。

腕組みをして、真っ直ぐ浮雲に視線を向ける。が、浮雲は返事をしなかった。そのまま問いを引っ込めるかと思ったが、才谷はそれでも話を続ける。

「狩野遊山という男と、浮雲の間には、いったいどんな因縁があるんだ？」

気になったら訊かずにはいられない。才谷らしい態度だ。

だが、浮雲は答えないだろう。これまでがそうだった。そして、これからも——。

「あいつとは、同じ寺で育った……」

歳三の予想に反して、浮雲が言葉を発した。

「寺？」

「そうだ。京の都にある小さな寺だ。おれも、あいつも、捨て子のようなものだった」

「それで？」

才谷が先を促す。

「友と呼べる存在だった。いや、兄弟と言った方がいいかもしれねぇな」

浮雲は、盃の酒をぐいっと呑み干した。

僅かに伏せられた眼には、何ともいえない哀しみの色が宿っている。

「それなのに、どうして狩野遊山はああなった？」

「色々とあったんだよ」

浮雲が、自嘲するような笑みを浮かべた。

「その色々ってのは何だ？」

会話を断ち切るように、すっと襖が開いた。

顔を出したのは千代だった。

千代は、自らは廊下に座したまま、とっくりと盃の載った盆をすうっと部屋の中に入れた。

「何だそれは？」

才谷が問う。

「皆様のお陰で、お華さんの魂も浮かばれましょう。こんなことしかできませんが、せめてものお礼です。必要なければ捨てて下さい」

千代は、それだけ言うと、音もなく襖を閉めて姿を消した。

「せっかくだから、頂くとしよう」

才谷が、とっくりを手に持ち、浮雲の盃に酒を注ぐ。次いで、盆の上の盃二つにも酒を注ぎ入れると、一つを歳三に差し出して来た。

本当は、酒など呑む気分ではないが、こうなってしまっては断る訳にもいかない。

歳三は礼を言って盃を受け取った。

「少し、しんみりし過ぎてしまった。事件は解決したのだ。取り敢えず、乾杯といこうではないか」

才谷が立ち上がり、盃を掲げながら言う。

明るい声を出しているが、無理をしているのが分かる。才谷にとっても、此度の事件は、複雑な心情を抱えるものであったのだから——。

「乾杯」

才谷が声高らかに言う。

歳三は、苦笑いを浮かべつつ、盃を空にしようとしたが、口を付けた瞬間、舌に痺れるような感覚を覚えた。

——これは不味い！

「待って！　呑まないで下さい！」

口の中の酒を吐き出しつつ叫んだが、どうやら遅かったようだ。

浮雲も、才谷も、盃の中が空になっている。

「この酒には、毒が盛られています！　今すぐ吐き出して下さい！」

歳三が言うのに合わせて、浮雲と才谷は、喉の奥に指を突っ込んでえづく。

二人を手伝って吐き出させようとしたところで、燻《いぶ》したような嫌な臭いが鼻を突いた。それだけではない。白い煙が襖の隙間から入り込んで来る。

——まさか！

歳三は、慌てて襖を開ける。

廊下は煙に包まれていた。それだけでなく、あちこちに赤い炎が見える。

その炎の中、じっとこちらを見つめたまま立っている男の姿があった。吉左衛門だった。

「お前が毒を盛ったのか？」

吉左衛門が、酒に毒を混ぜ、それを千代に持たせた。そう考えると筋が通る。

訊ねてみたが、吉左衛門は何も答えなかった。

そういえば、狩野遊山が、蜘蛛にはお気を付け下さい――と言っていた。吉左衛門こそが、その蜘蛛だったのかもしれない。

「なぜ、こんなことをした？」

歳三が問いを重ねるのと同時に、吉左衛門がぶはっと血を吐き出した。

見ると、その胸から刃が突き出ていた。背後から刀で身体を貫かれたようだ。

吉左衛門が前のめりに倒れる。

そして、その後ろから一人の女が姿を現わした。

「千代」

千代の手は、血に塗れていた。

「お前が、殺したのか？」

「あなたは、吞まなかったのですね。さすが、狼といったところですね」

千代が言った。

その顔を見て、歳三は己の愚かさを知る。

歳三は、千代のことを時代に翻弄された憐れな女だと思っていた。抗う術もなく、ただ流されつつ、自分の運命を甘受してきた女だ——と。

だが、そうではなかった。

何一つ、千代の本性を分かっていなかったのだ。浮雲も、そして玉藻も、千代の底にある危険な影に気付いていたのに、歳三だけが見えなかった。

「そうか。暁党は、お前が操っていたのだな」

「はい。堀部を惑わせ、元々あった形を変えさせて頂きました」

千代が静かに言う。

一年前の分裂は、堀部の暴走ではなく、千代によってそう仕向けられたということか——。

「なぜ、こんなことをした？」

「知ったところで意味はありません。あなたたちは、もう死ぬのですから」

それだけ言い残すと、千代はすうっと歩き去って行ってしまった。

すぐに後を追いかけようとしたが、慌てて踏み留まる。部屋の中には、まだ浮雲と才谷が残っている。

二人をそのままにしておけば、焼け死ぬことは間違いない。いや、それだけではない。紅屋には、他にも女中や吉之助がいる。その者たちを放ってはおけない。

「大変なことになっているわね」

背後から声がした。

振り返ると、そこには玉藻の姿があった。炎が回っているというのに、相変わらず妖艶な笑みを浮かべている。

「ええ。女中と吉之助を任せてもいいですか？」

「分かったわ」

玉藻は、そう告げるなり、急ぎ足で階下へと下りて行った。

歳三は大慌てで部屋に舞い戻った。

既に部屋の中にまで火と煙が回っている。

浮雲と才谷は、ゴホゴホと噎せているが、それが毒のせいか煙のせいか定かではなかった。

毒を盛った上に、丁寧に火まで放つとは――千代は、よほど自分たちを殺したかったとみえる。

――だが、なぜ？

歳三は疑問を頭の隅に押しやった。今は、とにかく浮雲と才谷を救い出す方が先決だ。

「立てますか？」

歳三が声をかけると、二人とも辛うじて頷いた。

しかし、煙と炎に包まれた中、走るのは難しいだろう。ならば――。

歳三は外に面した障子を開け放つと、浮雲と才谷を次々と外に放り投げた。二階から落下したものの、この程度では二人とも死にはしないだろう。

さあ、次は歳三の番だ。

飛び降りようとしたところで、背後に異様な気配を感じた。

振り返り身構える。

そこにいたのは堀部だった。建物が燃えているというのに、動じた様子もなく、にたにたと陰湿な笑みを浮かべながらそこに立っている。

「お前は殺してもいいことになっている。さあ、やろう」

堀部は腰に差した刀を抜いた。

炎を受けて刀身が赤く光っている。まるで、仁王像のようだ。

「正気ですか？　逃げねばあなたも死にますよ」

歳三の説得に、堀部が応じるとは露程も思っていない。堀部は、人を斬ることを至上の喜びとしている男だ。

ただ、今の状態でやり合うのは不味い。歳三は刀を持っていない。説得するふりをしながら、視線を走らせ武器を探す。

——あった。

才谷の使っていた、刃引きの刀が視界に入った。

堀部を相手に、刃引きの刀というのは、いささか心許ないが致し方ない。それよりも、歳三が刀を手に取る余裕を、堀部が与えてくれるかの方が問題だ。

案の定、堀部は歳三の視線をたどり、才谷の刀を見つけてしまった。

「あのような刀を手にしたところで、勝負にはならねぇよ」

「かもしれませんね」

「分かっているなら、無駄な足掻《あが》きは止めろ」

堀部が構える。

切っ先を下げた下段の構えだ。それだけで、狭い室内での戦い方を心得ているのが分かる。

歳三は、改めて才谷の刀に目をやる。

そうはさせまいと、堀部がだんっと畳を踏み、歳三の動きを制するように突きを繰り出して来る。

だが、目線をやったのは誘いだ。

歳三は、目線とは逆の方向に素速く移動し、部屋の隅に置いてある笈に飛びついた。

堀部がすぐにこちらに向かって斬りかかって来る。

歳三は、笈の中から薬袋を取り出すと、それを天井に向かって投げた。

バンッと破裂音がして、薬袋が爆発する。

中に入っているのは火薬の粉末だ。

幸いなことに、その爆発で堀部の着物の袖に火が点いた。燃え上がる炎に、堀部が手を振り回して暴れている。

「では、お先に失礼します」

歳三は、そう告げると笈を担いで、二階から飛び降りた。

ふうっと息を吐いたのも束の間、気付くと二人の武士が、左右から歳三に迫っていた。

「お前らのせいで、我らの大義が水泡に帰した。絶対に許さん！」

武士の一人が、怒りのこもった声で言った。

とんだ言いがかりだ。この連中が、何をしようとしていたのかは知らないが、計画が頓挫《とんざ》したのは歳三のせいではない。

綻びは恭一郎によってもたらされた。しかも、恭一郎を駆り立てたのは、こいつら自身の不徳だ。つまり、因果応報なのだ。

しかし、もはや正気を失ったこの男たちに、何を言っても無駄だろう。

「死ね！」

武士が斬りかかって来る。

歳三は、笈に括り付けてあった傘を手に取ると、その傘で刀を受け止める。

「傘などで、我らの相手が務まると思うなよ」

武士の一人が怒声を上げる。

「あなたたちなど、傘で充分ですよ」

歳三は、傘を一度大きく回し、遠心力を付けてから、その先端を武士の鳩尾《みぞおち》に打ち込んだ。

武士は、うっと呻り声を上げ、くの字に屈み込むと、そのままぱたりと倒れた。

残った武士は、ただ呆気に取られている。

まさか、傘の一撃で倒れるとは思ってもみなかったのだろう。

ただの傘であれば、そうだっただろう。しかし、歳三の持つ傘は、ただの傘ではない。柄と骨の部分が全て鋼でできている。

刀で受け止めたときに、気付くべきだったが、この程度の腕の連中であれば、分からなくても致し方ない。

歳三は、困惑している武士の腕と膝を、立て続けに傘で打ち付ける。

武士は刀を取り落とした。

歳三が、その喉元に追撃の突きを入れると、武士は白目を剝いて動かなくなった。

――終わった。

試作の傘だったが、思わぬところで役に立った。しかし、まだまだ改良が必要だ。

今のままでは重過ぎて、持ち歩くのにも、戦うのにも不便だ。

ふっと肩の力を抜いた歳三だったが、異様な気配を感じ、振り返りながら傘を構える。

堀部だった――。

髪は焼けてちりちりになり、顔や身体に火傷を負いながらも、刀は放さず歳三を睨んでいる。

こんな状態になってまで、まだ斬り合うつもりのようだ。

「逃がさんぞ」

堀部が上段に構える。

建物の中とは違い、周囲を気にすることなく、存分に刀を振るうつもりのようだ。歳三も、じりっと構えを取ったが、やはり堀部相手に傘では分が悪い。

33

「うっ」

歳三の首筋に、何かが突き刺さり痛みを覚える。

慌てて首に刺さった物を引き抜く。

鏃だった。

毒が塗ってあったらしく、みるみる身体に痺れが広がっていく。力が入らず、傘を取り落としてしまった。

地面に膝を落とす。

——いったい誰が？

姿は見えないが、大凡の見当は付く。千代だ。おそらく、廃寺で毒矢で田沼を殺したのも千代に違いない。

田沼が余計なことを喋る前に、毒で口封じをしたのだ。

「無様だな」

歳三の前に立った堀部が、暗い笑みを浮かべた。

この男は、才谷のように正々堂々と立ち合ったりしない。ただ、人が斬れればそれでいいのだ。

堀部が真っ直ぐに刀を振り下ろす。

——やられる！

死を覚悟した歳三だったが、それを打ち消すように、鋼のぶつかり合う甲高い音がした。

歳三が斬られるのを阻むように、堀部の刀と切り結んでいる男の姿があった。

才谷だった――。

「才谷さん」

「ここは引き受けた」

才谷が、堀部の刀をぬんっと押し返す。

おそらく、歳三が打ち倒した武士の刀を使っているのだろう。

「才谷さん。無理はいけません」

歳三は必死に声をかける。

才谷は、まだ毒が抜けていないはずだ。万全の状態ではない。それに、堀部のような男とは、すこぶる相性が悪い。

才谷は、刃引きの刀を持ち歩く男だ。人の命を重んじる情け深い男だ。

一方の堀部は、相手が素手であろうが、容赦なく斬る。ただ、人を殺すことにのみ、生き甲斐《がい》を見出すような外道だ。

才谷が、万全な状態でないなら、その隙を狙ってくる。

このままでは廃寺の二の舞になる。

「案ずるな。おれは、怒っている。毒を盛った上に、火を放って襲うような卑怯極まりない連中に、かける情けはない！」

才谷が大喝する。

歳三の肌が粟立った。

——ああ。龍の逆鱗《げきりん》に触れたのだ。

歳三はそれを実感した。

才谷の中に眠っている荒々しき龍の魂を、堀部が叩き起こしてしまったのだ。もう、勝負は見るまでもない。

荒ぶる龍を相手にして、勝てる者などこの世にいない。

「戦いに卑怯もクソもない。勝てばいいんだよ」

堀部が素速く踏み込み、才谷に斬りかかった。

しかし、才谷を両断することはできなかった。なぜなら、堀部の腕の肘から先がなくなっていたからだ。

才谷に斬られたのだ。

歳三をもってしても、どうやって斬ったのか分からない。それほどまでに、速い斬撃だった。

——ああ。この龍と斬り合いたい。

歳三の腹の底で、黒い欲求が疼いた。

きっと、今やり合えば、間違いなく歳三は才谷に斬られるであろう。だが、この男に斬られるなら本望だ。そう思わせるほどの男だった。

「歳。何を呆けてやがる。さっさと血止めをしろ」

浮雲がそう言いながら、よたよたとした足取りで歩み寄って来た。

どうやら浮雲は、堀部のような外道ですら、救ってやるつもりのようだ。捨て置けばいいものを――と思いつつも、歳三は堀部の傷口を紐で固く縛り、血止めをした。

一通りの処置を施し、ふっと一息吐いた歳三の目に、見覚えのある女の姿が飛び込んできた。

千代だ――。

今、まさに焼け落ちようとする紅屋を背に、無表情にそこに佇んでいた。

「なぜ、おれたちを狙った？」

歳三は立ち上がり、千代に問う。

「わざわざ言わなくても、分かっているでしょう？」

「そうだな。お前が蜘蛛だったな」

「ええ」

「紅屋を根城に、暁党を操り、倒幕のための組織を作り上げていたというわけか」

「そんなところです。ただ、狩野遊山に邪魔されてしまいましたが……」

「どうして、おれたちを襲わせた？」

浮雲が千代に詰め寄る。

「殺そうとしたのは、あなたたちではありません。あの武士たちは、もう役に立たなくなったので、処分する必要があっただけです」

千代は冷淡に言い放った。

狩野遊山のせいで、暁党が崩壊寸前に追い込まれたことで、計画の焼き直しをすることにしたのだろう。

その上で、あの武士たちが邪魔になる。そこで、歳三たちを襲わせることで、体よく始末したというわけだ。

狩野遊山は、そのことに気付いていたからこそ、「蜘蛛の糸を断ち切らなければならなくなる」と言ったのだ。

歳三や浮雲を事件に引き込んだのは、千代を始末させるためでもあったのだと、今さらになって知る。

「お前は、なぜそんなことをした?」

歳三は千代に問う。

千代のような女が暁党を操るということが、どうにも腑に落ちなかった。

「言ったはずです。私のような女は、流されるままに生きるしかないのです」

千代が静かに告げる。

――ああ。そうか。

おそらく、千代もまた、何者かに操られていたのだ。

「お前は、いったい誰に操られていた?」

「思いの外、鈍いのですね」

千代が冷めた目を歳三に向ける。

「何?」

「私は忌《い》み子《ご》として生まれ、殺されるはずでした。しかし、それを拾って下さった方がいます。

そのときより、私の命は、そのお方のものなのです」

「何を言っている？」

「私は、呪術師として育てられました。いえ。それも違いますね。私は、あのお方の傀儡《くぐつ》に過ぎないのです」

自分のことであるのに、まるで他人のことを喋っているようだった。

千代は、自分のことを人だとは思っていない。意思のない人形だと思っているようだ。それは、あまりに悲しい。

「お前は、人形などではない」

歳三が言うと、千代がふっと笑みを零した。

「よく言います。あなた自身が、人形のように意思なく動いているではありませんか」

「違う。おれは……」

「己の欲求を抑え、ただ、流されるままに生きる。道は違えど、私とあなたは、生き方が同じなのですよ」

言い返そうとしたが、言葉が何も浮かばなかった。

じりっと胸の奥が焦げたような気がした。

「お前の主は、いったい何者だ？」

そう問い掛けたのは浮雲だった。

千代は、黙したまま左目を覆っていた布を外した。そこから現われた眼は、燃え盛る炎のように真っ赤に染まっていた。

浮雲と同じ赤い眼――。

それを見て、千代の背後にいるのが何者なのか、自ずと明らかになる。

「蘆屋道雪《あしやどうせつ》――」

浮雲が、その名を口にした。

蘆屋道雪は、浮雲の従姉妹にあたる陰陽師で、人の心の隙につけ込み、これまで数々の事件を引き起こしてきた。

狩野遊山が幕府に与しているのに対して、蘆屋道雪は相反する立場、おそらく朝廷側の呪術師だ。

だから武士を巻き込み、倒幕を焚き付け、幕府を転覆させるための策を弄《ろう》していたということだろう。

そして浮雲が今、旅をしているのは、その蘆屋道雪との宿縁に、決着をつけるために他ならない。

「道雪様から、あなたたちに言伝があります。京の都で再会するのを、楽しみにお待ちしています――とのことです」

それだけ言うと、千代はくるりと背中を向けた。

「待て!」

歳三が声を上げると、千代は足を止めて振り返った。

口を動かし何かを言ったが、聞き取ることができなかった。

千代が歩いて行く。

追いかけようとしたが、浮雲に腕を摑まれた。

「止せ。お前まで闇に呑まれるぞ」

振り払うこともできたが、歳三は黙って千代を見送った。

こうやって意思を殺す。千代の言っていたように、歳三は流されるままに生きているだけなのかもしれない――。

その後

「行くのか？」

旅支度を済ませた歳三と浮雲に声をかけてきたのは畠だった――。

宿泊していた紅屋が焼け落ちたことで、野宿を覚悟していたのだが、怪我人の手当を手伝った際に、畠が「雑魚寝でいいなら泊まっていけ」と声をかけてくれた。

精も根も尽き果てていたこともあり、言葉に甘えてそのまま畠の家で寝かせてもらったのだ。

「本当にありがとうございました。助かりました」

歳三は、深々と頭を下げた。

「気にするな。色々と手伝ってもらったんだ」

「大したことはできませんでしたが……」

「いいや。お前らのお陰で助かったよ。もう、これ以上、死人が出なくて済む――」

畠はそう言って遠い目をした。

その表情を見て、歳三は一つだけ気になった。

畠は、火車の正体が恭一郎と蘭であることを知っていたのだろうか？　訊ねてみたい気持ちはあったが、結局、口にすることはなかった。

今さら、歳三がそれを知ったところで、どうなるものでもない。

「世話になったな」

浮雲が、軽く手を挙げて畠の家を出ていく。

「では、これで――」

歳三もその後に続こうとしたが、畠に呼び止められた。

「奥で寝ているもう一人は、一緒じゃねぇのか？」

畠の言うもう一人とは、才谷のことだ。

「いいや。あの男と一緒にいたのは成り行きでな。おれたちは、これから京の都に向かうんだ」

「そうか。達者でな」

畠が小さく頷いた。

「畠さんも、どうか気を落とさず。あなたのような優秀な医者は、これからも必要です」

畠は、あまりに多くのものを失った。

そうしたことを、おくびにも出さないが、抱えている闇は深いように思う。全てを自分一人で抱え込み、どうにかなってしまうのでは――という気がした。

「世辞はいい。それに、心配されんでも、おれは自分の役目を果たすだけだ」

そう答えた畠の顔は、哀しみに満ちていたが、悲嘆に暮れているという感じではなかった。

多くのものを失ったからこそ、より多くのものを救おうという強い意志があった。

だからこそ、昨日、運び込まれて来た暁党の連中を、恨み言一つ言わずに治療し続けたのだ。

どうして息子の喜八は、畠の許にいながら、医者としての本分を忘れ、妙な思想に走ってしまったのだろう——と疑問に感じたが、今さらそれを考えたところで意味はない。

「そうですね」

歳三は、会釈をして背を向けて歩き出した。

浮雲は相変わらず、両眼を赤い布で覆い、金剛杖を突きながら盲人のふりをして歩みを進める。

「本当に良いのですか？」

歳三が問うと、浮雲が「何がだ？」と怪訝な声で聞き返してくる。

「才谷さんのことですよ。最後に挨拶くらいした方が、良かったのではありませんか？」

あれだけ呑みあかしたのだから、別れの言葉くらいあってもいいと思う。

「おれは湿っぽいのは苦手だ」

浮雲は、ぶっきらぼうに言うと、さっきより歩調を速めた。

「そういう問題ではありませんよ」

「じゃあ、どういう問題なんだ？」

「私は、礼儀の話をしているのです」

「正論を言うんじゃねぇ」

「何がいけないのです？」

歳三が言うと、浮雲がぴたっと足を止めた。

「そういうことを言うなら、お前は別れの挨拶をしたのか？」

浮雲が、墨で描かれた眼でぎろりと歳三を睨む。

「誰にです？」

「あの千代とかいう女だよ――」

その名を聞き、歳三の心臓が大きく跳ねた。

飯盛女として働きながら、暁党を裏で操っていた女。それでいて、生き方を選べずに、自らを傀儡と卑下する。

あの女は、これからどこに流されていくのだろう？

ふとそんなことを考えたが、歳三などが想像を巡らせたところで、何の意味もない。どうせ、あの女は再び歳三たちの前に現われるだろう。

「おい。何とか言え」

浮雲が急かしてくる。

ここでは、何を言おうと面倒なやり取りになりそうだ。そのまま無視して歩き出そうとしたところで、「おーい！」と叫ぶ声がした。

才谷が袴の裾をたくし上げ、もの凄い勢いでこちらに向かって走って来ているのが見えた。

「何も言わずに行ってしまうのは、あんまりではないか！」

浮雲と歳三の前まで駆け寄って来た才谷は、ぜーぜーと肩で息をしながら言う。

「いや。すまん。急いでいたんでな」

浮雲が、にんまりと笑みを浮かべながら言う。

「よく言う。どうせ、湿っぽいのは嫌いだ——とかかっこつけたのだろう」

才谷の指摘が的中していたので、歳三は思わず笑ってしまった。

「何がおかしい？」

「いや。まさに、才谷さんの予想通りでしたからね。そりゃ笑うでしょ」

「うるせぇよ」

浮雲はぶっきらぼうに言う。

「恥ずかしいからといって、勝手に行くのはよくない。お前さんとおれの仲だろう」

才谷が言うと、浮雲は珍しく「そうだったな」と応じた。

「また、いつか会ったときは、一緒に酒を呑もう」

才谷が朗らかに言うと、浮雲が「おう」と笑顔で応じた。

「歳三も、また呑もう」

「そうですね」

歳三は、笑顔で応じながら、腹の底では違うことを考えていた。

「また、いつか会おう。必ずだぞ」

才谷は、そう言うとまた来た道を走って戻って行った。

どこまでも澄み渡った空のような男だ。ただ、この男の腹の底には、荒ぶる龍が眠っていることを歳三は知っている。

次に会うときは、酒ではなく、手合わせを願いたいものだ。もちろん真剣で——。

「歳。行くぞ」

浮雲に急かされ再び歩き出す。

ふと視線を向けると、多摩川の河川敷に、赤い彼岸花が咲き誇っていた。

風に揺れる花は、まるで燃え盛る炎のようだった——。

天然理心流心武館館長、大塚篤氏には
取材に全面的に協力いただき、大変お世話になりました。
この場を借りて、お礼を申し上げます。

神永学

初出

「小説すばる」二〇二〇年四月号、六・七月合併号、八月号、十月号、十二月号

「彼岸の口裂女」を改題。

単行本化にあたり、大幅な加筆・修正を行いました。

●装画　オクソラケイタ

●ブックデザイン　坂野公一（welle design）

神永 学（かみなが・まなぶ）
一九七四年山梨県生まれ。日本映画学校（現日本映画大学）卒。
二〇〇三年『赤い隻眼』を自費出版。
同作を大幅改稿した『心霊探偵八雲　赤い瞳は知っている』で二〇〇四年プロ作家デビュー。
「心霊探偵八雲」の他に「天命探偵」「怪盗探偵山猫」「確率捜査官　御子柴岳人」
「悪魔と呼ばれた男」「殺生伝」「革命のリベリオン」などのシリーズ作品、
その他『イノセントブルー　記憶の旅人』『コンダクター』『ガラスの城壁』などの著書がある。

火《か》車《しゃ》の残《ざん》花《か》 浮《う》雲《きくも》心《しん》霊《れい》奇《き》譚《たん》

二〇二一年 五 月 一五日　第 一 刷発行

著者　神《かみ》永《なが》学《まなぶ》
発行者　徳永 真
発行所　株式会社集英社　東京都千代田区一ツ橋二‐五‐一〇
〒一〇一‐八〇五〇
電話　〇三‐三二三〇‐六一〇〇（編集部）
〇三‐三二三〇‐六〇八〇（読者係）
〇三‐三二三〇‐六三九三（販売部）書店専用
印刷所　凸版印刷株式会社
製本所　加藤製本株式会社

ISBN978-4-08-771743-3 C0093
定価はカバーに表示してあります。

集英社

の本

浮雲心霊奇譚

第一シリーズ全六巻

時は幕末。絵師を目指す八《や》十《そ》八《はち》は、身内に起きた怪異事件をきっかけに、憑きもの落としの浮雲と出会う。赤い瞳で死者の魂を見据える浮雲に惹かれ、八十八は彼とともに様々な事件に関わっていく――。

赤眼の理【四六判／文庫版】

書影は文庫版

白蛇の理【四六判／文庫版】

書影は文庫版

妖刀の理【四六判／文庫版】

書影は文庫版

呪術師の宴【四六判／文庫版】

書影は文庫版

菩薩の理【四六判／文庫版】

書影は文庫版

血縁の理【四六判】

売　中！！